내가 좋아하는 것들, 디저트

내가 좋아하는 것들, 디저트

정채영 지음

스토리닷

창밖엔 만연한 가을이 서성였고 습도 하나 없이 차갑기만 한 그날,
티라미수를 먹어야겠다고 생각했다.

35쪽

추운 날에는 초콜릿케이크가 생각난다.

41쪽

돌돌 말린 **빵** 위로 크림치즈 글레이즈가 꾸덕꾸덕하게 뭉쳐 있다.
엄마 화장품을 훔쳐 바른 꼬마의 모습처럼.
53쪽

안락하고 푹신한 의자에 앉아 하루를 쓸어내리는 기분.
시폰케이크의 식감은 늘 그런 느낌이다.
57쪽

기대고 싶어질 때마다, 내뱉고 싶어질 때마다 사랑하는 사람들과 어깨를 자주 스쳤다.

72쪽

단순히 사과 향을 맡았던 것으로 한 계절을 어찌저찌 잘 살아온 것 같았다.

크루아상만이 건진 그물처럼, 크루아상 먹을 때만 떠오르는 이야기가 있다.

116쪽

여행의 좋은 기억과 순간, 풍경들을 여행 부스러기라고 표현하던 Y.

128쪽

밤 열 시가 다 되어가는 시간에도 어서 오세요, 하는 제빵사의 목소리.

145쪽

깔끔하고 군더더기 없는 일이어야 할수록 더 투박하고 엉성하게 만들고 싶다.

147쪽

멀리서 방문해 주셔서
감사합니다 즐거운
시간이 되었기를 바랍니다.
— 주재커피 —

가볍지 않은 말과 마음들이 가벼운 것에 담겨있는 게 좋다.

168쪽

마들렌을 보면 어쩐지 쓰다듬고 싶어진다. 과하게 부푼 것도 그러지 못한 것도 괜찮다고.

차
례

단팥적인 하루

단팥빵

귀갓길에 단팥빵을 샀다.

골목을 돌면 운동 기구 몇몇이 놓인 작은 공터가 있다. 이인용 벤치에 앉아 단팥빵의 포장지를 벗겼다. 한 손으로 야무지게 한입 크게 베었다. 팥알이 자글자글 씹히는, 당도가 적은 통팥이 아닌 내가 좋아하는 단팥이 가득 들어 있다. 빵 피는 얇고 쫀득해서 팥을 먹는 건지 빵을 먹는 건지 헷갈린다. 달고 촉촉한 팥이 입안에 들어선다. 몸의 조그만 근육들이 여유로워진다. 한숨을 내쉬고 양어깨를 으쓱대본다.

한동안 단팥빵은 일상의 시작과 끝을 알리는 고마운 알림장과도 같았다. 출근길에도 먹고 퇴근길에도 먹었다. 왜 점심시간이나 휴일 아침에 느긋하게 먹을 생각을 못 했을까. 단팥빵이야말로 장소에 구애받지 않고 마음 편하게 단정히 개운하게 먹을 수 있었다. 냄새도 나지 않아 옆자리 동료 몰래 야금야금 먹을 수 있고 부스러기 한 톨 없이 입안에서 우물우물 유영하며 맛의 리듬을 탈 수도 있었다. 길에서도 먹고 놀이터 그네에 앉아서도 먹고 편의점 시식대에서도 먹었다. 한겨울에는 목도리를 두르고 전자레인지에 10초간 돌린 편의점 단팥빵을 두 손으로 얌전히 먹었다. 그러면 왠지 곧 눈이 내릴 것 같았다. 단팥빵과 비슷한 호빵도 참 좋아했지만, 호빵은 왠지 늘 뜨거워야 할 것 같아서 온기가 조금이라도 빠지기 전에 서둘러 먹다 보니 늘 순식간에 사라졌고, 먹고 나면 단맛만 자글자글 맴도는 게 늘 뭔가 헛헛했다. 나는 단팥빵을 따뜻하게도 차갑게도 먹고 우유에 찍어서도 먹고 바닐라 아이스크림이나 요거트에 곁들여 먹기도 했다. 빵 시트가 퍽퍽하게 건조하면 우유에 찍어서 먹으면 되었고 팥소가 좀 모자란다 싶으면 생크림을 곁들이면 되었다. 어떤 종류의 단팥빵이라도 맛있게 먹을 방법을 잘 알고 있었다. 단팥빵을 든 나는 늘 만족을 향했다. 다른 빵들에게 지극히 모범이 되는 빵. 누구에게도 해가 되지 않고 무난하게 두루두루 잘 어울리는 빵.

요즘의 단팥빵은 다양해졌다. 생크림 단팥빵, 슈크림 단팥빵, 떡을 넣은 단팥빵……. 푸짐한 속 재료로 얼굴이 빵실하게 오른 단팥빵이 궁금해 몇 번 사 먹어 보았지만, 결국엔 다시 클래식으로 돌아오고 만다. 하루는 아빠가 출근 전 가방에 단팥빵을 집어넣고 있었다.

아빠, 단팥빵은 왜 가져가?
일하다 출출할 때 간식으로 먹으려고.

그때부터 마트에서나 길거리에서 단팥빵 묶음을 발견하면 반사적으로 집어 아빠 방에 고스란히 두었다. 그리곤 자연스레 단팥빵 먹는 아빠의 모습을 상상했다. 일하면서 먹을까 앉아서 먹을까. 등은 조금 굽어 있겠지. 나처럼 서서 먹을지도 몰라. 우유와 함께?

다양한 시그니처 메뉴가 속속 생겨나는 빵집에서 내가 단팥빵을 고르는 이유는 무엇일까. 좁은 면적 안에 검은깨가 삼삼오오 모여 있는 그 빵을 집어 드는 이유는 무엇일까. 반복적이지도 않고 불규칙적으로, 매일 생각나는 것도 아니고 어쩌다 한 번인 이유는 무엇일까. 나는 무엇에 허기지고 무엇을 잠재우고 싶었던 걸까.

개인적으로 부스러기 없이 깔끔하게 먹을 수 있는 디저트였으면 좋겠어요.

얼마 전부터 빵과 책을 좋아하는 모임, 일명 '빵무리'라고 불리는 독서 모임을 운영 중이다. 모임을 준비하면서 한 참여자의 의견을 반영해 단팥빵을 준비했다. 내가 좋아하는 장블랑제리의 단팥빵. 이곳의 단팥빵은 꼭 먹어봤으면 하는 바람에서 인원수에 맞게 빵을 쪼개 일회용 접시 위에 살포시 두었다. 단팥빵을 기준 삼아 그 주위로 준비한 다른 디저트를 놓았다. 마들렌과 휘낭시에, 쿠키와 약과, 과일 등. 그 모습이 꼭 빵무리 같아 속으로 내심 기분이 좋았다. 모임에 한둘씩 사람들이 도착하고, 각자 몫의 접시에 놓인 디저트를 보곤 맛있겠다, 예쁘다며 감탄과 감사를 표했다. 나는 준비한 디저트를 간단히 소개했다.

요즘 같은 계절에 또 밤 디저트가 유행이잖아요. 그래서 준비했어요. 아, 이건 정말 어렵게 구한 약과예요.

내가 만든 것도 아닌데, 그저 다 같이 빵을 먹기로 예정되어 있단 사실만으로 기분 좋았다. 내가 좋아하는 것을 따라 좋아해 줘서 고마웠다. 소개를 마치고 다함께 단팥빵을 먹는 사람들. 팥을 씹으며 표정을 따라 해 보는 시간. 단풍과 단팥으로 물든, 실로 단팥적인 가을이었다.

추천 단팥빵

- 장블랑제리 단팥빵
- 태극당(서울) 단팥빵
- 몽블랑제 단팥빵
- 빵굼터 단팥빵
- 빵장수단팥빵 통단팥빵
- 빵공방 아키 팥(완두)앙금빵

월동 준비

붕어빵

우리 동네에는 김치 '이것'이 있는데, 묘하게 밥도둑이
에요.

우리 집은 '이것' 세권이에요.

오늘 '이것' 50개 샀어요. 얼려서 에어프라이어에 구워
먹으려고요.

하하. 50개요? 월동 준비하시는 거예요?

라디오에서 한창 재미있는 훈훈한 대화가 흐른다. 모르
래야 모를 수 없는 이것. 크리스마스 트리처럼 하나둘 찾
게 되는 이것. 굳이 찾으려고 돌아다닌 적은 없지만 우연
히 발견하게 되면 절로 걸음이 멈추고 고개가 돌아가는.
붕어빵에는 붕어빵 기분이 있다. 오롯이 붕어빵만을 생각
하며 걸을 때 자연스럽게 흐르는 기분. 계좌이체라는 편
리한 방법 대신 괜히 주머니에서 주섬주섬 지폐 몇 장을
꺼내고 싶고, 한두 마리 사기보다 하얀 봉투 한가득 품어
돌아오고 싶은. 여러 맛을 사기보다 하나에 푹 집중하고
싶은, 그런 붕어빵적인 마음들이 거리에 깔린다.

붕어빵 파는 사람에게는 너스레 떨고 싶어진다. 괜히
말 붙이고 싶어진다. 그도 그럴 것이 지금껏 한 번도 짜증
스러운 표정을 하거나 선한 얼굴 아닌 사람을 본 적이 없

다. 풀풀 열기와 밀가루 반죽의 고소함, 팥과 슈크림의 달콤함, 기계 돌아가는 소리, 나란히 잔디처럼 누워 있는 붕어빵이 그들을 훈훈하게 지킨다.

살며 기다림이 즐거울 수밖에 없는 일이 몇몇 있는데, 그중 하나가 붕어빵이 만들어지는 장면을 보면서 내게 올 붕어빵을 기다리는 일이다. 어느 날은 붕어빵 열 몇 개를 사서 지인에게 출출할 때 먹으라고 봉투를 건넸다. 그에게 가는 동안 뜨거운 붕어빵이 봉투 속에서 모양을 잃고 쪼그라져 작아질까 봐 노심초사했다. 양옆 조금 뚫린 구멍으로 찬바람이 솔솔 들어가게끔 한 손으로 봉투 아래를 살짝 조심히 잡았다. 그렇게 해도 쪼그라들까 봐서 봉투를 자꾸 건드리며 모양을 유지하려 했다. 갓 나와 보이게, 통통하고 잘생긴 붕어빵을 건네고 싶어서, 부푼 마음으로 잽싸게 걸었다.

붕어빵 좀 드세요.

건네는 봉투가 무심해 보일 수 있다. 한편으론 무심해서 더 마음 쓴 것처럼 보인다. 붕어들은 서늘한 바람을 맞았지만 아직 뜨끈하다. 머리부터 먹을까 꼬리부터 먹을까. 나는 꼬리를 좋아해서 머리부터 먹는다. 팥붕(팥붕어빵)과 슈붕(슈크림붕어빵). 나는 단연코 팥붕파다. 단맛 없

는 팥이라도 팥붕이다. 슈붕도 좋아하긴 하나 팥붕 앞에
서 나는 좀 더 조급한 마음이 든다. 그런 마음이 클수록 사
랑이지 않을까. 팥붕을 먼저 사고, 그다음 자리에 슈붕의
자리를 만든다. 7대 3 정도의 비율로. 슈붕을 사는 건 먼
저보다 나머지의 일에 가깝다.

　수족냉증에 추위를 많이 타는 나는 겨울을 좋아하지 않
지만 유독 겨울엔 간식거리가 많아서 기다려지기도 한다.
겨울엔 빵 생각을 더 한다. 빵에게도 겨울이 잘 어울린다.
찬 계절엔 빵 생각으로 손발이 조금 더 훈훈해지는 것 같
다. 연말일수록 빵들의 움직임은 좀 더 활발해진다. 그들
을 감싸는 포장도 다양해지고 화려해진다. 디저트를 손에
들고 가는 사람들의 모습도 자주 볼 수 있어 좋다. 케이크,
슈톨렌, 구움과자. 호빵과 붕어빵, 호두과자와 고구마, 군
밤과 옥수수. 뻥튀기와 어묵. 모락모락 김 피어오르며 내
뱉는 입김들과 이름들에게 빵이라는 단어를 붙여주고 싶
다. 색과 결을 같이한 그들에게 빵을 붙이면 모든 게 달큰
해진다. 비로소 가을에서 겨울이 된다. 인사에서 배웅이
되고 배웅에서 포옹이 된다. 그러다가 기분에도 빵을 붙
여 보는 재밌는 상상을 한다. 짜증빵, 불안빵, 스트레스빵,

우울빵. 꼴 보기 싫은 사람 이름 뒤에도 빵을 붙여 보니 큭, 실소가 터진다. 겨울은 또 촉각만큼 후각에 민감해진다. 한번은 히터 바람 후끈한 버스 맨 앞자리에 앉아 이동하던 중, 열린 버스 문으로 승객 한 명과 함께 어디선가 솔솔 고소한 향이 함께 탔다. 만두의 향, 호두과자의 향, 피자의 향……. 음음, 거리며 맛 좋은 상상을 한다. 동그랗고 따뜻한 것들에게 찬사를 건넨다.

'미리 연락하시면 갓 나온 뜨끈한 군고구마와 호빵을 드실 수 있습니다.' 집 근처 편의점에 삐뚤빼뚤한 글씨로 적혀 있던 한 문장. 고구마적인, 붕어빵적인 일들로 차갑고 빠르게 지나갈 법한 일들 속에서 따뜻한 일들이 많이 생긴다. 그런 찬기와 온기에 요령껏 취하며 겨울을 보낸다.

또 한번은, 도쿄를 여행했을 때 타이야키(일본 붕어빵)를 파는 동네 카페에 갔다. 카페와 맛집이 넘쳐나는 도쿄를 생각해 보았을 때 꼭 가야만 했던, 그리 특색 있는 카페는 아니었다. 그럼에도 그 카페에 홀렸던 건 카운터 옆 작은 창문 너머로 전차가 지나다니는 것, 그 전차를 마주하고 타이야키를 굽는 사람의 실루엣 때문이었다. 누군가 인터넷에 올린 그 사진 한 장에, 도심에서 꽤 떨어진 그 카페를 조금의 망설임도 없이 가게 됐다. 실제로 마주한 그 카페는 사진보다 더 좋아서 만족스러웠다. 전차 소리는 심장 뛰는 소리처럼 크게 울렸고 매장 안은 후듯하고 고소한 반죽 향이 넘쳤다. 주문한 타이야끼는 한국의 붕어빵보단 크기가 좀 더 컸고 생김새도 묘하게 달랐지만, 따듯한 상태인 게 좋았다. 팥 양은 많지 않고 당도도 적었으며 반죽 식감은 누룽지와 다소 흡사했다. 전체적으로 밋밋했던, 한국에서 사 먹는 붕어빵과는 전혀 달랐던 맛. 그럼에도 밋밋한 건 밋밋한 대로 좋았다. 기대한 적 없었고 기대하지 않아도 되었으니까. 어떤 모양과 맛이든 그저 붕어빵이니까 좋았던 거다.

오묘한 코코아 지붕

티라미수

이탈리아어로 '나를 끌어 올리다, 기분 좋게 하다'라는 뜻의 티라미수. 그 의미 때문인지 먹으면 바로 기운이 솟는다. 에스프레소 비를 머금은 작고 소중한 디저트. 비에 젖은 거리처럼 촉촉하고 잔잔하다. 하얗던 접시가 금세 낙엽색으로 번진다. 곱게 구워진 제누아즈 위에 베이킹용 붓으로 에스프레소를 달게 묻히면, 주춤했던 기분은 금세 포근해진다.

비 내리던 날 티라미수를 찾은 기억이 있다. 발목까지 오는 트렌치코트를 꺼내 입기 좋은 초가을이었지만 제법 강한 빗줄기에 입김까지 나오는 서늘한 날씨였다. 금방이라도 울음을 터뜨릴 것 같은, 그런 불안정한 비가 자박하게 내리던 그날은 미술 수업이 있는 날이었다. 취미로 미술을 배우던 시기였고 본가인 일산에서 그리 멀지 않은 곳에 있는 화실이었다. 마을버스를 타고 익숙한 정류장에 하차해 얇은 코트를 두 팔로 감싸며 종종걸음으로 화실로 향했다. 선생님은 미소 지으며 환대해 주었고 커다란 원형 테이블에는 붓과 물감, 팔레트와 물통, 각종 미술 서적, 약간의 간식 등이 놓여 있었다. 본인의 작업물이 있는 곳에 앉아 각자의 속도대로 찬찬히 붓질하면 되었다. 선생님은 테이블을 간간이 돌아다니며 수강생들의 작업에 조언하거나 '선생님, 이 부분 망한 것 같아요.' 하는 부름에 쓱싹쓱싹 과감한 붓질로 위기모면을 해주는 식이었다.

칸칸이 나뉜 새하얀 팔레트 위로 형형색색의 아크릴과 유화 물감이 채워졌다. 순백을 더럽히기 싫어 처음엔 새 핸드크림 짜듯 조금씩, 소심하게 물감을 짰지만 매회 수업이 반복되면서 쓰던 치약 짜듯 손힘이 점차 과감해졌다. 한 번쯤 스친 인연들처럼 팔레트 위 물감은 서로를 껴안고 인사하며 알은체했다. 붓으로 쓰다듬고 톡톡 건드려 보기도 하면서 색이 왔다 갔다 하는 그 시간이 좋았다. 한 시간 반 남짓한 시간 동안 오늘 채워야 할 분량을 마무리하고 나면 내 마음에도 새로운 물감이 서서히 채워졌다. 질퍽한 찌꺼기 같은 감정들에서 자유로울 수 있었달까. 연필로 스케치한 부분으로부터 물감이 조금 번져도, 긴 시간 동안 건물 하나를 칠한 것에 그쳐도, 원하던 색이 나오지 않더라도 괜찮았다. 덧칠하면 되었고 다른 색으로 대체하면 되었기에 두려움이 없었다.

그림을 다 그리고 나면 해는 져 있었고, 늘 허기가 졌다. 화실 안 화장실에서 손바닥에 얼룩덜룩 묻은 물감을 비누칠하며 닦는 동안 무얼 먹을지 생각했다. 뜨끈한 쌀

밥에 좋아하는 반찬을 곁들인 듬직한 식사를 잠시 생각했지만, 머릿속에 한 가지 바로 떠오른 게 있었으니 바로 티라미수였다. 창밖엔 만연한 가을이 서성였고 습도 하나 없이 차갑기만 한 그날, 티라미수를 먹어야겠다고 생각했다.

V 카페의 티라미수는 다른 카페의 것보다 에스프레소가 특히나 자작하게 깔려 있다. 촉촉한 제누아즈를 혀로 가볍게 누르면 에스프레소가 물에 퍼진 물감처럼 은은하게 퍼진다. 그의 넘침은 어떨 땐 조금 쌉싸름했지만, 그 심술을 마스카르포네 치즈크림이 부드럽게 안았다. 묽지 않고 제법 단단한 크림. 생각보다 더 따뜻한 위로였다. 달콤하고 쌉싸름한 티라미수를 먹을 때면 맞은 편에 누군가가 있었으면 좋겠단 생각이 든다. 코코아 가루가 듬뿍 내려앉은 그 오묘한 지붕을, 티스푼으로 용감하게 뜬 후 상대와 눈을 맞추고 음, 맛있어 하는 감탄을 늘어놓고만 싶다. 우리가 사랑하는 오묘한 적막의 지붕 아래서.

언젠가 대형 베이커리 카페에서 파이를 만드는 일을 했던 적이 있다. 아침 일찍부터 여러 가지 맛의 파이를 만들었고 거기엔 티라미수 파이도 있었다. 티라미수 파이를

만들 땐 늘 갓 추출한 에스프레소가 필요했는데, 그럴 때
마다 바리스타에게 에스프레소 추출을 부탁해야만 했다.
오븐 앞에서 이리저리 분주하게 움직이며 미완성된 반죽
을 넣다 뺐다 하는 일에서 벗어나 잠시 커피머신 앞에 서
서 진득하게 흐르는 에스프레소를 바라보면 내 마음에도
뜨끈한 무언가가 흐르는 듯했다. 열댓 번 추출된 크레마
가득한 에스프레소는 조그만 샷 잔에서 벗어나 큰 스테인
리스 볼에 무자비하게 쏟아졌다. 볼에 담긴 모습을 보니
얼핏 사약 같기도 하고 구수한 된장국 같기도 했다. 두 손
으로 볼을 들고 주방으로 다시 돌아오는 길, 에스프레소
에 비쳐 흐릿하게 출렁이는 내 얼굴. 그런 희미하고 불안
정한 것들에 힘입어 또다시 나머지의 붓질을 시작할 수
있었다.

주름의 맛

초콜릿 바움쿠헨

나고야역에서 고속버스를 타고 약 두 시간 반을 달리면 '시라카와고'라는 마을에 도착한다. '산타 마을'이라고도 불리는 시라카와고를 가기로 결심한 건 눈 때문이었다. 적설량이 제법 많다고 알려진 그곳은 유네스코 세계문화유산으로도 등록되어 있는데 그래서인지 매년 관광객들의 발이 끊이질 않고, 관광객 대다수가 눈 내린 시라카와고를 보기 위해 겨울에 방문한다. 적설량이 많은 탓에 마을의 지붕은 헨젤과 그레텔에 등장하는 과자의 집처럼 큰 삼각형을 이루고 있다. 눈 쌓임을 방지하려는 목적이다. 마을이라곤 하지만 집마다 사람이 거주하진 않는다. 말 그대로 문화유산이기 때문에 방문객들도 그 안에 쉽게 들어갈 수 없다.

달리는 버스 안에서 눈을 감았다 떴을 땐 바깥은 이미 하양이었다. 처음엔 작은 눈송이가 나무에만 드문드문 붙어 있더니 곧 마을 전체에 하얀 가루가 묵직하게 내려앉았다. 버스는 곧 종점에 도착했다. 크로켓이 그려진 현수막, 아이스크림 모형이 반듯이 세워진 가게, 생필품과 과자들이 오묘하게 줄지어 있던 기념품 가게. 상점가 앞은 사람들로 북적였다. 공기는 찼지만 바람은 불지 않는 날씨. 하늘에선 곧 눈이 쏟아질 것만 같았다.

나는 버스에서 내려 가장 먼저 시라카와고 마을을 한눈에 내려다볼 수 있는 전망대를 찾았다. 전망대까진 제법 길을 올라야 해서 버스를 타고 이동할 수도 있었지만, 그리 높지 않은 언덕이었고 눈을 밟고 싶었기에 걸어서 가기로 했다. 높은 나무가 많았고 그 아래로 사람들이 점처럼 이어졌다. 지붕에 쌓인 눈은 녹아 물이 되어 불규칙하게 떨어졌고, 그 물소리가 좋아서 가는 길에 두어 번 멈추어 섰다. 전망대 주변에는 사람들이 많았다. 카메라를 든 사람들과 보온병을 든 사람들. 보온병 뚜껑에서는 모락모락 김이 올랐다. 마을을 광범위하게 담고 싶어서 가장 높은 곳으로 올라가던 중에 쌓인 눈과 그것이 녹아 생긴 얼음으로 넘어져 버렸다. 곧바로 연인으로 보이는 동양인 두 명이 다가와 내 팔을 잡아 일으켜주었다. Take Care. Be Safe. 걱정스러운 눈으로 나를 부축했고 감사하다고, 괜찮다고 인사한 후 우리는 서로의 카메라에 서로의 모습을 담아 주었다.

전망대에서 내려와 K 카페로 향했다. 그 역시 관광객으로 발 디딜 틈 없었다. 여럿이 앉아 담소를 나눌 수 있는 테이블과 아늑한 방 형태의 좌석, 카운터 맞은편 긴 테이블. 사람들은 그 사이사이에 피아노의 흑과 백 건반처럼 나란히 앉아 있었다. 점원의 친절한 안내를 받으며 나도 그들 틈 어딘가에 흘긋 앉았다. 눈과 산, 나무와 사람들, 집과 골목, 말 없는 풍경을 보았다. 희고 찬 겨울을 바라보는 동안 따듯한 생각들이 몰려왔다.

초콜릿. 추운 날에는 초콜릿케이크가 생각난다. 묵직한 마틸다 케이크라든지, 마시멜로가 둥둥 떠다니는 핫초코라든지, 오독오독 은빛 포장지 벗겨가며 먹는 초콜릿이라든지. 초콜릿의 그 개구진 모습이 떠오른다. '나무 케이크' 또는 '나이테 케이크'라는 수식어를 갖는 바움쿠헨은 독일 디저트 중 하나이다. 시폰케이크처럼 케이크 중앙 부분이 뻥 뚫린 모습이지만 그를 가르면 나이테처럼 주름진 형상이 나타난다. 모나거나 각진 곳 하나 없이 두루뭉술한 무해한 케이크. 성숙한 파인애플 같기도 거대한 링도너츠 같기도 한. 어떻게든 만나고 어떻게든 마주치지 않을 끝없는 원의 일상. 초콜릿은 접시에 둔탁하게 미끄러진다. 제법 도톰한 흔적을 남기고는 따뜻하고 치밀한 단어를 쏟는다. 시폰케이크보단 무겁고 파운드케이크보단 가벼운, 그런 애매모호함에 계속 포크 질을 하게 된다.

고개를 들어 창밖을 보았을 땐 발목까지 쌓인 눈 위를

한 가족이 차례대로 걷고 있었다. 모으고 가르고 눈사람을 만들며 눈을 가만두지 못하는, 눈을 사랑하는 순간을 바라보니 바움쿠헨의 나이테처럼 내 여행에도 궤적이 생겼다. 순간 한 외국인이 내 옆에 앉았다. 점원에게 내 초콜릿 바움쿠헨을 가리키며 'same'이라는 말을 건넸다. 순간 그와 눈이 마주쳐 어색했지만 둥근 웃음이 금세 퍼졌다. 우리는 그 테두리 안에 잠시 있다가 곧 각자의 시간으로 돌아갔다. 다시, 포크로 바움쿠헨을 가른다. 작게 잘린 바움쿠헨은 책의 펼친 면처럼 겹겹이 두껍게 쌓여 있다. 조각난 바움쿠헨 뒤로는 사람들이 이리저리 오간다. 모두 자신만의 여행에서의 나이테를 만들며.

시라카와고에 다녀온 날, 독감에 걸렸다. 나고야역으로 되돌아오는 버스 안에서 방망이에 두들겨 맞은 것처럼 몸이 으슬으슬하더니 그날 밤 고열과 두통에 시달렸다. 혼자 끙끙대며 물에 젖은 수건으로 온몸을 닦아가며 새벽 내내 열을 내리는 동안 시라카와고를 돌아다녔던 기억이 계속 떠올랐다. 전망대를 오르며 가족들을 떠올렸던 것, 포크에 묻은 초콜릿을 혀로 가볍게 뭉그러뜨린 것, 지붕마다의 고드름이 녹는 물소리를 들은 것, 사람들의 말소리와 발소리가 달리는 풍경처럼 덜컹덜컹 지나갔다.

　나고야에서 한국으로 돌아가는 날, 공항의 한 라멘집에서 뜨거운 라멘을 후루룩 먹었다. 콜라도 마시고 국물까지 싹 비웠다. 배부름에 잠시 지나가는 사람들을 구경하다 계산하려 코트 주머니를 뒤적거리다 영수증 하나를 꺼냈다. K 카페의 영수증이었다. 서랍에서 오랜만에 꺼낸 티셔츠처럼 영수증 곳곳엔 불규칙한 선들이 잔뜩 그어져 있었다. 자연스럽게 초콜릿 바움쿠헨이 떠올랐다. 영수증을 만지며 내가 머문 시간을 곱게 폈다. 구겨진 영수증을 반듯하게 펼 때마다 잊을 만했던 내 지난 여행의 기억들이 곱게 다림질되었다.

생각이 나서

마카롱

선물할 일이 있을 때 주로 마카롱을 구입한다. 각기 다른 색의 꼬끄(coque, 프랑스어로 껍질을 뜻하며 마카롱의 필링이 없는 과자 부분을 말한다)에 다양한 맛의 크림이 채워지고 후르츠시리얼이나 과자, 초콜릿 등으로 장식한 달콤한 디저트. 크림의 두께가 제법 두꺼운 뚱뚱한 마카롱부터 유명 만화 캐릭터를 본 떠 만든 마카롱까지. 시중엔 다양한 디자인의 마카롱이 있지만 나는 주로 클래식하고 심플한 마카롱을 고른다. 받는 이의 취향을 모르니 이것저것 담아 고르는 재미도 있고, 설령 취향을 알고 있다 하더라도 맛있어 보이는 것 여러 개를 집어 담다 보면 상대에 대한 애정이 쉽게 부풀어 오르곤 한다.

기다란 직사각형 상자에 곱게 누운 마카롱을 보며 상대가 마카롱을 받은 이후의 일을 상상한다. 포장지를 벗겨내고 상자 뚜껑을 열었을 때 몇 초간 잠시 감탄하는 그 마음, 엄지와 검지로 조심스레 건드리는 마음, 입 주변으로 생기는 자연스러운 미소. 모두 마카롱이 만들어 낸 간지럽고도 쑥스러운 파동이다.

선물 받는 것보다 선물하는 것을 좋아해서인지 혼자 여행하기를 좋아하는 내게 기념품 고르는 일은 매우 중요하다. 정확히는 선물하기까지의 그 과정을 사랑한다. 국내나 해외로 여행을 떠나는 이유도 기념품을 사는 것에 있다. 여행지의 기념품과 특산품은 꼭 구매하곤 하는데 예쁜 삽화가 그려진 틴케이스의 먹음직스러운 쿠키, 유명한 카페의 로고가 멋스러운 듬직한 머그잔, 포장지는 다소 투박하지만 매력적인 특산품, 손수 만든 에코백, 울퉁불퉁 만지는 재미가 있는 마그넷, 침대 가장자리에 놓아두고 싶은 귀여운 인형, 여러 가지 모양의 초콜릿 등 선물할 것은 많고 선물할 이유도 수십 가지다. 나의 여행이 조금 피곤한 이유 또한 선물하려는 마음에 있다. 그 일은 고되면서도 즐겁기만 한데, 특히 백화점 지하 푸드코트나 제과점에 우아하게 놓인 디저트를 볼 때면 선물 욕구가 세차게 불어온다.

이 초콜릿은 A가 좋아할 것 같은데. B를 닮은 캐릭터가 그려진 과자네. 고양이 쿠키를 선물하면 C가 좋아할까? 선물 이후의 일들을 두루뭉술 떠올리면 여행은 더 이상 혼자 하는 것이 아니란 듬직한 기분마저 든다. 선물하는 마음을 가진 여행은 어디서든 날 지켜준다. 작은 노트에 소중한 사람들의 이름을 적고 그들에게 어울릴 만한 디저트를 적는 일만큼 감사하고 든든한 일도 없다.

아침 일찍 호텔을 나서 이곳저곳 돌아다니며 여러 가지 물건을 양손에 한가득 들고 밤늦게 다시 호텔로 돌아온다. 양쪽 어깨뼈가 튀어나올 만큼 온몸이 쑤시고 발목은 뻐근하고 발바닥은 찌릿찌릿하지만, 지인들에게 건넬 선물을 정리하는 일이 있어야 여행의 마무리가 된다. 새벽같이 일어나 녹초가 되어 저녁 늦게 귀가하는 삶. 묘하게 나를 성장시킨다. 종아리와 발목이 쿡쿡 쑤시면 오늘도 여행 잘했구나 싶다. 그런 기분으로 마트에서 사 온 바닐라 아이스크림과 유명 제과점의 케이크, 감자칩과 간단한 안줏거리, 시원한 맥주까지 후루룩 입에 넣고 나면 기분에 금세 포만감이 찬다. 물론 선물용으로 구매하는 것들은 대부분 디저트나 과자다. 얼핏 내 취향만 고려한 이기적인 선물일 수 있으나 그다지 신경쓰지 않는다. 뜻밖의 기쁨일 자신감이 있으니까. 여행지에서 너를 생각했어. 기념품만큼 쉽고 담백한 고백도 없다.

수속을 다 마치고 커피 한 잔과 빵을 먹으며 비행기 탑승을 기다리는 일이 여행 시작의 설렘이라면, 면세점에서 잔뜩 구매한 디저트를 가방 하나에 꾹꾹 눌러 담으며 돌아갈 비행기를 기다리는 일은 여행 끝의 설렘으로 다가온다. 세상에 더 이상 '사랑한다'는 말이 존재하지 않는다면 그 말을 대체할 문장은 아무래도 '생각이 났어'가 아닐까.

첫 만남과 이별, 입학과 졸업, 응원과 감사, 축하를 표현할 때 마카롱만큼 자연스러운 디저트도 없다. 오늘 화이트데이잖아요. 하는 그런 심플함으로 더 자주 선물할 마음을, 더 많이 고백할 마음을 가지는 삶을 살아야겠다고 다짐해 본다.

최근 선물한 것들의 목록

- 수면양말과 손 편지

- 체리 럼이 들어간 초콜릿

- 빵 캐릭터가 그려진 메모지

- 반짇고리와 뽀빠이 별사탕 과자

- 백화점 푸드코트에서 산 식빵

- 헤어밴드와 뜨개 자수 책

- 과일잼과 젤리

- 직접 만든 두바이초콜릿

나만의 선물 조합 리스트

- 사과잼과 작은 쿠키

- 메모지와 마스킹테이프

- 오르골과 화이트초콜릿

- 드립백과 다크초콜릿

- 온열 안대와 비타민 젤리

- 그림책과 감자칩

공항으로

시나몬 번

하릴없는 주말. 아침을 간단히 먹고 느긋이 씻었다. 그리고 짐을 챙겨 밖으로 나왔다. 역에 도착해 공항철도를 타고 인천공항으로 향했다. 책과 일기장, 노트와 펜을 챙긴 그런 일상적인 마음으로, 일상의 모습으로 공항까지 왔다. 티켓과 짐 없이 '가야지' 하는 기쁨과 공항이 주는 설렘을 맘껏 착각하기 위해. 가끔은 그런 기분 좋은 착각을 하는 일들이 내겐 필요했다. 일부러 공항까지 멀리 온 날 보니 어딘가 대견스럽기도 하고 방랑자가 된 것만 같다. 그런 나를 기분 좋게 떠밀며 비로소 공항 주변을 거닐었다.

공항에선 줄곧 환승 안내방송이 나온다. 나는 탑승을 하지 않아도 된다. 도착 알림방송과 지연 안내방송, 수화물 검사는 나와는 일절 상관없는 일이다. 그런 '상관없음'을 겪으려고 이곳에 왔다. 신경 쓸 게 제법 많았던 한 주였지만 공항의 소음만이 유일한 상관이 되는. 나는 A 카운터부터 N 카운터를 향해 끝에서 끝으로, 앞에서 앞으로 쭉 걸었다. 사람들의 걷는 속도와 캐리어 끄는 속도는 점점 비슷해지고 그들의 말소리는 제법 아늑하게 들려온다. 공항이라는 제법 일탈적인 장소에서 누구 아들, 회사, 식사 등의 일상적 이야기들은 일탈적 행위에 작은 안심이 된다. 돌아가야 할 곳이 있다고. 그러고 보니 일상을 지내오면서 나는 늘 공항을 생각했던 것 같다. 공항에서 일하고 싶다, 공항버스를 타고 싶다, 공항을 걷고 싶고 공항 의자에 앉아 공항을 구경하고 싶다, 공항에서 누군갈 생각하고 싶다, 공항의 소음에 젖고 싶다, 공항이 되고 싶다……. 탑승, 짐 검사, 여권, 게이트, 면세점 등 공항을 설명하는 여러 단어로부터 멀리 떨어져 걷고 있는 나. 오늘 이곳을 찾은 이유는 누군가를 엉망진창으로, 뒤죽박죽 거칠게 떠올리기 위함이었다.

나는 G 카운터 근처의 카페 테이블에 커피 한 잔을 두고 팔짱을 낀 채 크게 하품했다. 작은 리듬감으로 다리를 떨고 행인을 유심히 내려다봤다. 평소 나와는 거리가 먼 건방과 자유, 낙천적 눈빛을 지닌 모습으로. 그런가 하면 어느 순간 나는 턱을 괸 채 고독을 즐길 줄 아는 제법 멋있는 사람이 되기도 했다.

캐리어를 끌어야지……

여권을 챙겨야지……

보조배터리는 빼야지……

생각으로부터 멀어져 간다.

오후 두 시에 도착했는데 금세 여섯 시가 되었다. 공항 천장 구조물 틈새로 노을이 걸리기 시작했다. 잘못 칠한 페인트 색처럼 불규칙하고 엉뚱하게 묻어 있다. 커피 한 잔만 마시기엔 조금 출출해서 시나몬 번을 사 먹기로 했다. 돌돌 말린 빵 위로 크림치즈 글레이즈가 꾸덕꾸덕하게 뭉쳐 있다. 엄마 화장품을 훔쳐 바른 꼬마의 모습처럼, 장난스럽고 엉성한 크림이 잔뜩 있다. 철조망 위의 노을처럼 정해진 자리가 아닌 곳에 그러나 어쩔 도리 없이, 필연적으로 함께 있다.

떠날 목적 없이 공항에 '그저 가면' 아쉬움이 덜하다는 좋은 점이 있다. 비행을, 시간을, 분위기를, 여유를 아쉬워하지 않을 수 있어 좋다. 떠날 목적으로 공항을 찾았을 땐 이 모든 게 채워지지 않고 늘 아쉬워 헛헛하기만 했는데, 떠날 목적 아니면 올 일 없을 이곳을 그저 일상적으로 찾았을 때 나는 점점 채워지고 있었다. 그것이 내가 공항을 찾는 이유가 아닐까.

A 카운터 근처 3층의 한 카페에 여자가 앉아 있다.
한 남자가 다가오고,
어디 가세요? 묻는다.

네?

어디로 가세요?

아무 데도 안 가요.

아무 곳도 안 가요. 이 말이 하고 싶었다 여자는.

그냥 온 거예요.

와 봤어요 그냥.

나는 아무 데도 안 가요. 다들 가는데 저는 아니에요.

나와는 상관없어요.

공항에선 내가 바르게 맞춰진다. 이유를 모르겠고 이해할 수 없었던 감정과 일, 퍼질 대로 퍼져버린 부정적 이름들을 퍼즐 맞추듯 하나씩 재배열해 본다. 그렇게 점점 퍼즐화되어가는 공항에서의 시간. 제자리를 벗어나 일상에서 계속 쌓이고 흩어져 있던 기억과 시간들을, 공항은 차근히 나열하게 하고 감정을 올바르게 배열한다. 적어도 나에게 공항이란 장소는 그렇다. 내 것이었던 모든 회피와 낙담이 비로소 자리에 걸맞게 정리가 된다.

들키지 않는 곳이 많다

들킬 수밖에 없는데도

여기에 길이 있을까 하는 곳에

혼자 앉아 있는 사람

해와 달 뜨고 지는걸 욕심내어 볼 수 있는 곳

외국어, 크고 작은 가방

커피 한 잔을 오래 두고

팔짱 낀 채 하품할 수 있는 곳

그런 건방이 가장 부드러울 수 있는 곳

넘치는 소란을 엉망진창을 사랑할 수 있는 곳

아직 열리지 않은 문으로

짐이 떠밀려가는 상상

마지막엔

모르는 이름들에 쉽게 관대해지는.

너머의 안부

시폰케이크

주문한 시폰케이크가 또 넘어졌다. 반쪽 체리와 생크림이 곱게 올려진 케이크였다. 사진이 예쁘게 찍히길 바랐지만, 케이크가 넘어지면서 접시에 생크림이 묻어 소용없게 됐다. 포크로 시폰케이크를 슬그머니 일으켰다. 중심을 잡지 못하고 비틀거려 반듯하게 세우긴 힘들었다. 포기하고, 옆으로 편히 눕혀 포크로 홍차시트와 체리, 생크림을 함께 떠서 먹었다. 창밖 하늘은 잿빛인 게 곧 비가 내릴 것 같았다. 카페에선 오스카 패터슨의 재즈가 흐르고 있었다.

안락하고 푹신한 의자에 앉아 멍때리며 하루를 쓸어내리는 기분. 시폰케이크의 식감은 늘 그런 느낌이다. 내쉰 숨과 해야 할 일을 정리하면서 양옆으로 뒤뚱대는 시폰케이크의 엉뚱함과 귀여운 모습에 힘 입어 또 다른 명랑을 다짐한다.

흔들리는 시폰케이크를 보면 유독 포크로 그를 좀 더 건드리고 싶어진다. 다른 디저트보다 더 관심을 두어 만지작거리고 싶어진다. 깊게 파인 중앙. 그 속을 채운 과일과 크림, 애플민트나 허브 혹은 빈 자리. 얼그레이, 초콜릿, 바닐라, 말차 등 다양한 재료와의 궁합을 자랑하는 시트. 홍차 옷엔 생크림이, 초콜릿 옷엔 체리가, 말차 위엔

산딸기가 올라간 모습이 유독 궁금했고 그렇게 시폰케이크의 자리와 안부를 묻고 살폈다.

어떤 계절엔 유독 사람들에게 안부를 자주 묻고 안부에 자주 답했다. 이메일의 첫인사에서, 문자의 마지막 구절에서, 웃음기 가득한 얼굴 속에서 여러 자리를 거치며 서로의 시절과 기분을 선물처럼 주고받았다. 안부의 종류는 여럿이었다. 날씨 안부, 근황 안부, 건강 안부, 고양이 안부. 안부의 사전적 정의는 '편안하게 잘 지내고 있는지 아닌지에 대한 소식'. 편안한 상태는 '걱정 없이 좋은 상태'라고 하는데, 살면서 그런 날이 우리에게 얼마나 될까. 해와 달 낮과 밤 봄에서 겨울이라는 계절의 도돌이표 속에서 설렘이 권태로 변하는 자연스러운 일과 속에서, 누군가의 안부는 내게 설렘을 준다. 들뜨게 한다. 그게 '디저트 안부'라면 더더욱.

코로나바이러스가 유독 심했던 2020년과 2021년. 마스크를 끼고도 카페와 음식점 또는 공공장소 등을 편히 찾지 못했다. 활기와 소란 대신 회피와 고요가 난무했던 때, 나 역시 유일한 낙이었던 디저트와 커피를 즐기지 못해 다소 무료한 일상을 보내고 있었다. 그 시기 배달앱이

크게 유행하게 되면서 나 또한 주말마다 카페를 가는 대신 스마트폰으로 자주 마시던 커피와 디저트를 주문했다. 단골인 가게였으므로 늘 내가 마시는 건 같았다. 생크림이 올라간 라테와 빅토리아케이크. 평소라면 집에서 도보 3분 거리인 그 카페에서 책을 읽으며 디저트 시간을 만끽했을 텐데. 사장님과 가벼운 이야기를 나누었을 것이다. 아쉬운 마음이었지만 이 또한 감사히 여기며 내게 올 디저트와 커피를 기다렸다. 도착한 커피와 디저트를 바로 먹으려다 스마트폰 카메라를 켜고 사진을 찍었다.

사장님, 오늘도 맛있게 먹었습니다.

늘 건강 챙기세요! 감사합니다.

짤막한 글과 함께 사진 후기를 남겼다. 나인 걸 아실까 하는 약간의 기대감이 있었지만 크게 생각하지 않았다. 한창 케이크와 커피를 맛있게 먹고 있는데 스마트폰에서 알람이 울렸다.

늘 감사해요.

주문 메뉴만 봐도 누군지 알 수 있지요.

cy님도 건강 챙기시고 즐거운 주말 보내세요!(cy는 내 이니셜이다)

그 이후로도 그와 온라인으로 몇 번의 디저트 안부를

나누었다. 그러고 보면 디저트만큼 안부나 감사, 맺음과 결실을 표현하기에 제격인 것도 없다. 디저트는 그 자체로 달콤하고 취향스러워서 아주 자연스러운 감정의 허물이 된다. 새로운 사람을 만나는 자리에서나 아주 오랜만에 보는 얼굴 또는 가까운 이들과 함께인 자리에서 나는 늘 좋아하는 디저트가 있는지 묻는다. 새 인연일수록 더더욱.

단 걸 별로 안 좋아해서요. 제가 밀가루를 못 먹어요.

아차 싶은 대답 너머로 자연스러운 관심이 피어난다. 달지 않은 디저트 가게를 소개해 주고 싶고, 밀가루가 아닌 쌀가루를 쓰는 케이크를 선물해 주고 싶다.

아래는 그간 주고받았던 디저트 안부들이다.

오늘은 얼그레이 파운드케이크를 드시네요.

아직도 체리 케이크를 좋아하세요?

그때 그 소금빵 맛집 아직도 있으려나.

소보로빵 좋아한다던 동생분은 잘 지내세요?

견과류 들어간 빵 안 드시잖아요.

그 무스케이크 진짜 맛있었는데.

언니 잘 지내죠? 그때 갔던 메론소다 맛집 또 가요.

작가님, 요즘 날이 참 좋아요. 점심은 맛있게 드셨어요? 저는 오늘 치아바타 샌드위치를 먹었답니다. 샌드위치 싸서 피크닉 가고 싶네요.

여름 잘 보내고 날 좀 선선해지면 디저트 투어 가자!

지난번에 추천해 준 쌀케이크 정말 맛있더라. 고마워.

그때 상투과자 좋아한다고 하셨던 게 생각이 나서 샀어요.

눈으로 먹는 기쁨

파르페

여럿이서 만나는 자리나 모임을 선호하지 않는다. 만남을 위한 최대 인원은 세 명까지. 질문하길 좋아하고 집중 받기 좋아하는 나는, 세 명이 넘어가면 아무리 친한 사이여도 대화의 흐름에 샛길이 생기는 것 같아 크게 집중하기 힘들고, 이는 상대 쪽에서도 마찬가지일 테다. 일대일, 단둘의 만남이 좋은 이유는 상대에게 궁금한 점을 여럿 물을 수 있고, 만남의 첫 장면에서 끝으로 갈수록 목소리와 제스처의 울림이 점점 편해지면서 커지는 그 느낌이 좋기 때문이다. 오랜만에 만난 친구에게 건넨 "잘 지냈어?"가 끝무렵엔 선물교환이 되고, 처음 만난 사람과의 "안녕하세요"라는 보편적인 인사가 다음엔 "와인바에 가요!"로 끝나는 그 서사가 참 좋다. 내내 흐리기만 하던 하늘이 주황과 보라의 경계에 놓인 노을이 되는 그 거리감 같기도 해서.

셋 이상이 모인 자리에서 던진 질문이 상대에게 다소 공격적으로 들릴 수도 있다는 걸 어느 순간 깨달았다. 연말을 기념하려 모인 이태원의 한 레스토랑. 오랜만에 만난 대학 동기 넷과의 식사 자리에서였다. 그들의 근황과 일상이 궁금하여 재잘대며 질문을 여럿 던졌는데, 후에 다른 친구로부터 나의 질문이 다소 과한 것 같단 이야기를 들었다. 너무 사적인 것까지 궁금해한다고. 지금에 와서 다시 생각해 보니 안부로 치장한 그 질문이 그에겐 버거웠을 걸 생각하니 절로 숙연해졌다. 그 후로 셋 이상의 모임은 잘 갖지 않는 편이다.

그럼에도 세 명 이상의, 여럿이 즐거운 만남도 내겐 있다. 지금 다니고 있는 출판사에서 독서 모임을 진행했을 때다. 열 명이 모인 독서 모임의 진행자였던 난, 난생처음 해 보는 모임장 역할에 독서 모임 한 달 전부터 내내 떨리고 안절부절못했다. 낯을 가리거나 크게 내향적인 성향은 아니었지만 모임을 어떻게 이끌어 갈지, 어떤 분들이 어떤 기대를 하고 모임에 참여할지 그들의 기분과 상황을 살피느라 생각이 많았던 거다. 급기야 《독서모임 꾸리는 법》이라는 제목의 책까지 사서 밑줄 꿍꿍 그어가며 나름의 준비를 했다.

모임 당일 참가자 열 분을 위한 웰컴드링크와 가벼운 간식거리를 사고, 개인적으로 대접하고 싶은 맛있는 디저트를 집에서부터 가지고 왔다. 모임 시간에 가까워지자 사람들이 하나둘 모습을 드러냈다. 큰 웃음으로 그들을 맞이하고 모임실로 안내했다. 사전에 참여가 어렵다고 미리 연락을 주었던 이까지, 열 명 모두가 모임에 참여했다. 어색함이 감돌다가도 무심코 던진 농에 사르르 웃음꽃이 피면서 가져온 시를 하나둘, 낭독했다. 오늘 처음 만난 얼굴들과 하나의 키워드로 여러 가지 경험과 사유를 곁들이니 대화는 금세 하나의 멋진 코스요리가 되었다. 모임 내내 최대한 열 명의 목소리가 동등하기를 신경 쓰면서 질문을 던지고 받고, 눈을 맞추며 그들의 제스처를 하나하나 요리조리 살폈다. 그렇게 모임은 기분 좋은 아쉬움으로 잘 마무리됐다.

오늘 정말 감사했어요. 제가 유독 말이 없고 낯을 많이 가리는데, 계속 먼저 말 걸어주시고 질문해 주셔서 정말 좋았어요.

모임 시간에 유독 부동의 자세로, 타인과 눈 마주치기를 어려워하는 것 같은 한 참가자가 있었다. 모임 초반에는 건넨 질문에 주춤하며 머뭇대길 반복하길래 아 또 내가 선을 넘어 버렸구나. 싶어 조심했는데 모임 끝에 그와 손을 잡고 나눈 대화가 오래도록 남았다. 나눈 대화를 곱씹으며 모임을 다시 되짚어보니 모임 안에서 서로서로 얼마나 배려하고 신경 썼는지 그제야 조금씩 보였다. 나처럼 상대의 대답에서 새로운 질문을 찾아내는 사람, 그 질문에 발랄하게 대답해 주는 사람, 대답은 짧지만 환한 웃음으로 분위기를 밝게 켜는 사람, 유머와 재치의 제스처로 시간을 꽃피우는 사람, 시니컬한 시선으로 냉철한 질문을 여는 사람, 묵묵히 끄덕이며 상대에게 귀 기울이는 사람. 그 모두가 그들의 자리에서 소소하게 빛을 내고 있었다. 파르르, 흔들렸지만 꺼지진 않게 저마다의 속도감으로.

그 이후 나의 취향을 되돌아봤다. 취향은 이전에도 명료했지만 더욱 명확해졌다. 디저트와 책. 빵과 책. 그 둘레가 주는 안전함에서 시작되는 모임을 만들기로 했다. 빵과 책을 사랑하는 사람들과의 취향 모임. 책을 읽고 빵 얘기를 하고, 빵 얘기 하면서 각자의 사유에 합법적으로 침투하는, 그런 모임을 예전부터 갈망하고 있었다. 이러한 독서 모임이나, 취향 모임을 꾸릴 때마다 파르페가 떠오른다. 파르페는 속 재료를 만드는 이의 마음. 그만큼 취향이 고스란히 드러난, 사적인 디저트가 아닌가 싶은데, 파르페만큼 안전하고 완벽에 가까운 디저트도 없다. 파르페의 속 재료들은 자신의 강점과 자리를 가장 잘 알고 있다. 물렁물렁하고 몰캉한 식감의 떡과 젤리는 가장 아랫

부분에 위치해 위쪽의 부드럽기만 한 식감에 재미와 반전을 준다. 아이스크림은 되도록 가장 나중에 올려 중심 역할을 하게 하고, 양옆으로 계절 과일이나 원기둥 모양의 초콜릿 과자 또는 웨하스를 꽂아 분위기를 환기한다. 과일은 무르거나 단단하지 않게, 주변 재료들의 성정에 맞추어 슬그머니 들어간다. C'est Parfait! 완벽해!라는 뜻의 불어에서 기원한 파르페. 세상에 완벽한 것은 없다지만 배려의 자리가 만든 안전은 완벽에 가깝지 않을까?

때로는 내가 생각한 조합으로 나만의 파르페를 만들기도 한다. 요거트 볼 가장 아래쪽에 바삭거리는 식감이 좋은 초콜릿 과자를 깔고, 그 위에 달콤한 소프트아이스크림을 듬뿍 넣는다. 버터 향이 진한 부드러운 스틱 과자를 양옆에 꽂고 치즈 맛이 나는 크래커도 보슬보슬 뿌린다. 마지막으로 동글한 모양의 초콜릿까지 얹어 완성한다. 내가 좋아하는 것들의 자리를 만드는 일과 내가 좋아하는 것들로 자리를 만드는 일. 그건 결국 나라는 사람의 안전한 자리가 아닐까.

딸기의 함몰

딸기 타르트

점심 밥 대신 딸기 타르트를 먹었다. 그런 날이 내겐 잦다. 갓 지은 쌀밥 대신 갓 만든 몽글몽글한 생크림이 떠오르는, 구수한 찌개를 삼키는 대신 바삭한 파이지를 씹고 싶은. 점심시간이 되자 부리나케 사무실을 빠져 나왔다. 며칠 전부터 출근길에 보이던 포스터가 생각이 났다. 카페 유리창에 붙어 있던 딸기 타르트 포스트. 과일을 별로 좋아하지 않는 나는, 과일이 가둔 수분과 신맛이 싫어 과일 디저트를 잘 먹지 않는다. 겨울딸기가 송송 올라간 케이크를 기다리는 사람들 사이에서, 나는 꾸준히 바닐라 맛이나 초콜릿케이크 등 계절 타지 않는 일편단심 소나무 같은 디저트를 고집해 왔다. 당연히 제철 과일을 주재료로 쓴 디저트나 빵도 내 돈 주고 잘 사 먹지 않았다. 그럼에도 딸기 타르트를 먹어야겠다고 생각한 것은, 딸기들이 겹겹이 엎드려 있는 그 자태를 건드려 보고 싶었기 때문이다.

커피와 타르트를 주문했다. 쇼케이스에는 딸기 타르트뿐 아니라 딸기를 꽂은 다양한 디저트가 진열돼 있다. 반 쪼가리 딸기를 올린 슈, 딸기 푸딩, 딸기 생크림케이크…… 테이블에 앉았다. 주문한 디저트와 커피를 기다리는 시간 동안, 나는 대부분 카페의 SNS 계정을 본다. 딸기 타르트와의 첫 조우를 위해 파티시에가 만든 디저트의 내막을 잘 알고 싶기 때문이다. 마치 소개팅 상대를 기다리는 기분이랄까. 프랑스산 버터를 썼는지 뉴질랜드산 버터를 썼는지. 생크림은 동물성인지 식물성인지. 크림치즈 함량은 어느 정도인지. 오늘 딸기의 당도는 어느 정도인지…… 상상과 사실에 잠시 기대면 시간은 금세 흘렀다.

곧 접시에 타르트가 담겨 나왔다. 머리핀 형상을 한 작고 소중한 디저트. 내가 파티시에라면 고소한 타르트를 덮은 크림을 보곤 그 위에 딸기를 마구 올리고 싶은 마음이 들었을 것이다. 딸기는 반으로 잘린 채 엎어져 있었다. 설산을 오르는 등산객 같다. 포크로 살짝 건드리니 금방이라도 으스러질 듯 위태롭던 딸기들. 연분홍 블러셔를 바른 듯, 그들은 서로를 등에 업은 채 곧 쓰러질 것 같았다. 곧 딸기의 함몰. 기꺼이 으스러지고야 마는 하나의 온전한 마음. 그럼에도 든든한 코러스를 생각하며 나아가는 길.

오랜만에 지인을 만났는데 말을 너무 많이 해서 들어주느라 좀 기가 빨렸어요.

점심을 먹고 나오며 커피 한 잔 사서 걷다가 푸념하듯

장난스레 동료에게 말했는데,

채영 씨가 그 사람으로 하여금 말을 많이 하게끔 하는 사람인가 보다. 라는 말을 들었다. 또 어느 날은 증명사진을 찍으러 집 근처 사진관에서, 사진기사 선생님과 약 한 시간 반가량을 떠들었다. 사실 떠들었다기 보단 그의 말에 호응해 주고 그저 반응해 주기 바빴는데, 나는 그저 내 사진 보정이 잘 되었으면 하는 바람도 있고 또 아무 말 없이 가만히 앉아 수정하는 모습을 지켜보기가 어색하고 멋쩍어서, 부러 그에게 말을 더 붙이고 질문하고 고개를 끄덕였다. 그는 자신이 여행에서 찍은 사진 몇 장을 중간중간 보여주었는데 사진에 대한 감탄 너머 던진 질문을 듣곤 그런 질문을 해주시는 분은 처음이네요. 질문이 되게 기분 좋네요. 라며 즐거워했다. 그런가. 나는 그저 궁금했을 뿐인데. 또 다른 너머의 일들을 궁금해했을 뿐인데.

기대고 의지하며 조언을 구하고자 했던 나는 어떠했나 곱씹어 본다. 그리고 그런 조언을 구했던 경험은 대개 만족스럽지 못했고 속 시원하지도 않았다. 돌이켜보면 그땐 사실이 아닌 감정을 말하곤 했다. 기대고 의지했나 싶었는데 그렇지도 않았다. 쉬어갈 요령으로 상대방의 잠시를 빌렸지만 내겐 잠시로는 부족했다. 나는 기대고 의지하는 게 무엇인지 잘 모르는 채로 기댈 수 있는 사람을 찾고 있었다.

그러다가 어느 시점 이후부터는, 사람 만날 때 질문을 많이 하게 됐다. 나도 모르게 궁금한 게 많았고 질문의 양과 질을 생각하기 위해 단둘이 만나거나 소규모 모임을 선호하게 됐다.

그렇게 생각하실 수도 있겠네요. 그런 일일지도 모르겠네요.

질문을 받은 상대의 고민하는 표정을 보는 일이 언제부턴가 좋았다. 구부러지는 미간, 더듬거리는 손, 위를 쳐다보는 눈동자, 한쪽으로 비스듬히 기울어진 얼굴. 나는 자연스레 그런 것에 기대게 됐다. 그러다가 기댐보다 채움에 집중했다. 기대고 싶어질 때마다, 내뱉고 싶어질 때마다 사랑하는 사람들과 어깨를 자주 스쳤다. 얼굴을 자주 맞댔다. 질문을 던지고 입꼬리를 따라 웃었다. 손뼉 쳤고 엉성한 풍경에 목소리를 조금 크게 내었다.

맘모스에 흐드러지게 누워

맘모스빵

빵 욕심 못지않게 책 욕심이 많다.

사고 싶은 책 리스트는 줄지 않고 사고 싶은 빵 또한 나날이 는다. 온라인 서점 사이트에서 신간을 마주할 때, SNS 계정을 통해 '이달의 신상'이라는 새로운 디저트와 빵을 발견했을 때, 그럴때마다 심장은 조급해지고 장바구니는 계속 두터워진다. 겹겹이 이루어진, 한 권의 책 같은 빵. 맘모스를 먹을 땐 늘 그런 생각을 한다. 두툼한 소보로빵 안에 잼과 생크림, 팥 등을 넣어 만든, 추억의 빵이라고도 불리는 맘모스는 거대한 두께만큼 칼로리도 어마어마해서 조금씩, 의도적으로 잘라 먹어야 하는 빵 중 하나다. 한때는 괜히 빵 앞면을 들추어 속 재료를 염탐하곤 했다. 반 쪼가리의 단아한 맘모스 단면에 홀려 그 속이 궁금해지면서, 완두의 초록 생크림의 하양 팥의 검정, 딸기잼의 빨강이라는 수평적 얼굴을 파헤치고 싶었다. 속이 훤히 보이는데도 더 알고 싶은 것. 가장 아랫부분과 중간, 그리고 맨 위쪽의 이야기가 꽉 차 있어서 안심이 되곤 했던 그런 빵. 그런 연유로 제과점에서 맘모스를 살 때면 생크림 두께가 어느 정도인지, 팥 색은 어떻고 딸기잼 양은 생크림만큼 꽉 차 있는지, 그런 '두께감'을 확인하곤 했다. 겉모습에서 잼이나 팥이 보이지 않으면 '꽤나 적은 양이 들어있겠군' 하며 멋쩍게 판단하기도 했다. 그런가 하면 요즘 유행하는 맘모스는 속 재료가 매우 실하다. 크림 양은 물론이고 팥, 과일, 고구마나 밤, 제철과일 등이 통으로 들어가 마치 거대한 수제버거를 연상시킨다.

맘모스를 보며 나의 기준을 알아가 본다. 재료의 종류와 두께감을 통해 나만의 기준을 다시금 생각해 본다. 재료의 종류와 단면이 잘 보이는 만큼, 그 너머의 맛을 상상하는 일이 즐겁다. 마치 표지와 제목을 통해 어떤 내용의 책인지 유추해 보는 것처럼. 쑥가루를 넣어 만든 맘모스는 당연하게도 쑥색을 하고 있다. 흑임자 페이스트를 넣은 맘모스는 시멘트색의 옷을 입었다. 너무 두꺼운 책은 읽기도 전에 겁부터 나고, 너무 얇은 책은 충분한 사유의 시간에 흠이 되는 것 같아 선뜻 집기가 꺼려진다. 그러고 보니 일상에서 두께감을 생각한 적이 몇 번 있다.

여행의 두께.

여행에서 나는 어느 정도의 두께감을 유지하는 편이다. 내 하루를 소보로빵이라고 가정했을 때 나는 가장 먼저 카페를 투입한다. 커피와 디저트를 파는 곳이면 어디든, 관광객들에게 유명한 카페도 좋고 커피 맛이 훌륭한 곳이나 동네 주민들에게 사랑받는 아담한 카페도 좋고 아침 일찍 문 여는 테이크아웃 전문점도 다 좋다(흡연이 가능한 킷사텐까지도). 그다음 빵집을 출연시킨다. '행복', '엔젤' 등의 정겨운 이름을 가진 동네 빵집이 우선적으로 좋고 치아바타나 호밀빵 등 담백한 빵부터 부드러운 소프트롤까지 여럿의 이야기가 담긴 곳이 좋다. 곁들일 스프레드나 크림치즈 또는 베이커리 자체 굿즈가 있으면 함께 사는 편이다. 빵을 사고 나면 그제야 주변이 보이기 시작한다. 강과 산이 있는 곳을 찾아가고, 지역 슈퍼나 대형 마트를 돌아다닌다.

마트에서, 빵집에서 나는 나에게 의지한다. 선택지가 많을수록 나는 가장 자신감 있게 날 사랑하게 된다. 동시에 나는 가장 따뜻한 사람이 된다. 생각이 나서 이것도 사고 저것도 사고. 숨 없는 물건들이 가득한 진열대 앞에서 들숨 날숨 할 것 없는 사랑을 내쉰다. 마지막으론 서점과 헌책방을 찾는다. 대형 서점을 좋아하는 편이지만, 눈에 띄는 책 말고 눈에 띄어야 할 책을 찾아다니는 일이 좋다. 삼만 보 이상을 걷는 내 두 발은 부르트고 울퉁불퉁해진다. 그런 저릿한 통증을 끼고 마시는 맥주는 소보로를 장식하는 크럼블처럼, 가히 여행의 전부라고 할 수 있을 만큼 소중하고 벅차다.

일 년의 두께.

한 해를 맘모스빵이라 가정했을 때 나는 여유와 관심의 두께를 크게 하고 싶다. 생크림 팥빵처럼 생각과 관심의 빈도수를 풍성한 생크림처럼 안고 달콤한 팥을 화해처럼 발라 매일 생크림 팥빵 먹는 기분으로 살고 싶다.

그러나 가끔은 중요한 것을 놓칠 때도 있다. 생크림인 척하는, 단맛 없이 딱딱하기만 한 버터크림과 단팥인 척하는 통팥. 달콤한 딸기잼인 줄 알았던 시큼한 라즈베리. 외관에 속아 내 취향 아닌 맘모스를 먹게 되었을 때. 맞을 거라고 생각했던 일이 아니었을 때. 속을 알 것 같다가도 모르겠을 때. 그런 일을 일상에서 피할 순 없겠지만 그럴 때 차라리 흐드러지게 드러누워 보자고.

금세 엉망진창이 됐네. 이렇게 어질러지고 싶다.

언젠가 지인과 함께 프렌치토스트를 먹다가 그가 내게 말했다. 시럽과 크림에 절여져 엉망진창이 되어버린, 접시 위 토스트의 방탕한 춤사위를 포크로 뒤적이며 건넨 말이었다. 맘모스빵은 그에 반해 단단한 침대 같겠지만. 속을 알 수 없을 땐 그저 가만히 누워보면 알 수 있는 일도 있지 않을까.

설탕 만남

추로스

놀이공원에 가자.

대화방에서 우연히 갑작스럽게 나온 한마디로 D와의 놀이공원 약속은 그렇게 성사되었다. 우연에서 시작된 평범한 문장에 따분하고 단조로운 몇 주를 놀이공원 갈 기대감으로 보냈다. 야간 자율학습 시간에 선생님 몰래 매점 가기, 일찍 등교해 아무도 없는 교실에서 노래 부르기, 양호실 선생님과 수다 떨기 등 고등학생 때부터 늘 모험적이고 웃을 일만 벌이곤 했던 D와 나는 늘 종종 이렇게 터무니없는 약속을 잡곤 했다. 놀이공원 개점 시간에 맞춰 오픈런하기 위해 주말 아침부터 일찍 D와 잠실역에서 만났다. 초중고, 대학생, 성인 할 것 없는 많은 인파 속에서도 우리는 서로의 얼굴을 단번에 알아봤다. 언젠가부터 D와는 기다리는 일이 가장 편하고 쉬웠다. 그런 지루한 기다림으로 이루어지는 돈독한 관계. D와의 관계가 그러했다. 입장까지 몇십 분을 기다리고, 입장해서 첫 번째 놀이기구를 타기까지 또 몇십 분을 기다렸다. 기다리는 동안 우리는 이러쿵저러쿵, 눈과 머리에 스치는 모든 것에 관해 이야기했다. 높이 솟은 놀이기구를 탄 사람들의 탄성과 표정에 관해, 점심 메뉴에 대해. 나는 달콤한 추로스를, D는 치킨구이를 먹고 싶어 했다. 그러다가 나는 D의 얼굴 양옆으로 삐져나온 잔머리를 바라보며 "머리 묶어줄게!" 하며 손가락으로 그의 머리카락을 살며시 만졌다. 그러면서 추로스와 치킨. 어울리지 않는 그 조합에 대해 재잘댔다. 교복 입은 학생들처럼 쉴 새 없이 떠들었다. 기다리는 게 팔할인 장소. 그래서 나와 가장 가까운 사람과, 내가 가장 편하게 대할 수 있는 사람과 와야 하는 장소. 누군가 내게 "놀이공원 가자" 하고 말해주면 그렇게 기분이 좋다.

줄 서기를 40분. 타는 건 1분. 놀이공원에 다녀온 날이면 기분이 경쾌하다. 입장료가 아까워서라도 무조건 기구 네다섯 개를 꼭 타야만 했던 이유는, 사실 동행하는 사람과의 시간을 오래 갖고 가기 위함이다. 콜팝(콜라와 치킨)을 먹고, 커플 키링과 머리띠를 사고, 아이스크림과 타코를 먹고. 왜 놀이공원에 가고 싶을 땐 꼭 D가 생각이 날까? D를 보면 왜, 늘 느리지만 정적인 일들이 생각나는 걸까?

어느 날엔 D와 고등학생 때 주고받은 쪽지와 편지를 보다가, 교환일기를 쓰자며 제안했다.

우리는 워드파일에 서로에게 하고 싶은 말을 포함한 일과를 적었다. 수신자가 있으니 편지라고 할 수도 있었겠

지만 사사로운 감정들이 얽히고설켜 낯부끄러운 일기에
가까웠다. 고민거리와 설렘거리, 오늘 있었던 일, 감명 깊
은 책 속 구절 등 현재와 과거를 오가는 여러 흔적을 적어
이메일로 교환했다. 구구절절한 이야기에 이게 제대로 되
는 건가? 싶었는데,

솔직함은 너의 큰 무기잖아. 그래서 이렇게 끔찍한 이
야기들을 써놓고도 읽는 이가 솔직한 너라고 생각하니 괜
찮은 것 같아.

D가 내게 이런 말을 했고 나는 책을 좋아하지만 읽을
시간이 없다는 D를 위해 주로 시집이나 산문집의 문장으
로 편지를 마무리하곤 했다. 나이가 들어도 교환일기를
쓰고 놀이기구를 함께 기다릴 수 있는 사람. 그런 관계를
지키고 싶어졌다. 그리고 그런 사람이 나에게 있다는 건
관계에서 내가 가진 가장 큰 무기가 아닐까.

놀이공원에서, 아이들은 추로스를 한 손에 쥐고 장난감
칼처럼 휘두른다. 추로스를 베어 없앨수록 입가에 설탕이
묻는다. 셔츠 위로 떨어지고 손에 덕지덕지 묻는다. 조심
해서 먹었는데도 주변이 반짝반짝하다. D와 나는 오레오
추로스를 사 먹었다. 만든 지 꽤 된 것 같은데 따뜻한 기

계 안에 있다 나와서인지 추로스는 전체적으로 뜨끈했다. 음, 그냥 시나몬 추로스를 먹을 걸 그랬어. 특별한 맛은 아니다. D는 미간을 약간 찌푸리며 말했다. 나 역시 그와 같은 생각이었지만 특별하지 않아서 좋았다. 일상에서 추로스를 먹는 일 자체가 없다 보니 특별하지 않아도 특별한 일처럼 느껴졌다. 편의점에서 군고구마나 호빵 대신 추로스를 팔았다고 해봐. 그러면 오레오 추로스도 상향평준화가 되어서 그다지 특별하게 느껴지지 않았을걸! 디저트를 맛이 아닌 특별함으로 먹는 일은 처음이라 고개를 갸우뚱하면서, 끄덕이며 먹었다.

우리는 아침 10시에 만나 밤 10시에 헤어졌다. 꼬박 열두 시간을 D와 함께했다. 놀이공원을 빠져나온 뒤에는 백화점 푸드코트에서 베이글을 샀다. 빵은 입에도 대지 않던 D가 길게 늘어선 줄 따위는 아랑곳하지 않고 쟁반에 베이글 몇 개를 집어 담는다. 베이글 전체를 덮은 체다치즈, 작게 잘린 대파와 크림치즈를 입안에 한껏 문 베이글, 캐러멜과 무화과가 오밀조밀 섞인 베이글, 카스텔라 가루와 생크림으로 치장한 베이글……. 허리를 숙이고 각기 다른 베이글의 얼굴을 바라보는 D. 그 우아하고 장난스러운 곡선. 내가 빵집에서 빵 고르는 사람들을 좋아하는 이

유다.

언젠가부터 해가 바뀔수록 잘 화해하자는 다짐을 한다. 자존심이 센 편인 나는 내가 잘못한 일에 대해 이해하고 용서하는 게 너무나 어려웠다. 용서는 못할지언정 화해는 하자. 악수와 포옹을 먼저 청할 줄 아는 사람이 되자.

돌아오는 지하철 안에서 D에게 기다림이 즐거웠다고, 또 기다리고 싶다는 문자를 보냈다. 그러면서 검고 뜨거운 블랙커피에 훌훌 털어 넣는 설탕 같은, 나도 모르는 사이 옷소매에 이리저리 묻은 설탕 같은 그런 만남을 계속 지켜 나가야겠다고 다짐했다.

무해와 이해

크림 브륄레

이름부터 부드럽고 좋은 향이 피어오를 것만 같은 '크림 브륄레'. 커스터드 크림 위 적당한 두께감으로 코팅된 설탕 막을 스푼으로 깨 먹는 디저트다. 얼려서 차게 먹으면 아이스크림을 떠먹는 것 같아 맛있고 약간 온기가 남아 있는 커스터드 크림을 캐러멜라이징된 설탕과 함께 떠먹어도 좋다. 뽀송하고 부드러운 솜이불에 풍덩 빠지는 기분. 이 디저트를 처음 맛보았을 땐 설탕문을 그다지 호기롭고 재치 있게 두드리지 못했다. 소심하게, 열어선 안되는 문을 여는 것처럼 조심스럽게 노크했다. 얇은 설탕 막은 그런 조그만 힘에도 쉽게 깨졌고 스푼은 커스터드 폭포 속으로 푹 빠졌다. 다음의 크림 브륄레, 다다음의 크림 브륄레를 찾는 나의 노크질은 좀 더 과감해졌다. 툭 건드리면 폭 깨지면서 달콤한 향이 은은하게 비치는 게, 은근히 작게나마 스트레스 해소가 되었다. 어떤 마음이어도 나는 금세 무해하고 순수한 방문객이 되어 있었다. 철없던 어린 시절, 장난기 많은 얼굴로 남의 집 초인종을 누르고 도망을 쳤던……

유독 기억에 남았던 크림 브륄레는 식후 우연히 접했을 때다. 우연과 아쉬움이 중첩적으로 이루어졌을 때, 그때 그 사물과 감정은 깊이 각인된다. 내 기억 속 그 크림 브

릴레는 대개 모양도 맛도 엉성한 데다 크기마저 작았던, 안 좋게 말하면 그다지 형편없는 디저트에 가깝다고 느껴질 만한 것이었다. 그날 나는 지인들과 떡볶이를 먹고 있었다. 떡볶이집이라곤 느껴지지 않을 만큼 차갑고 세련된 외부. 당연히 손님도 우리 한 테이블이었다. 즉석떡볶이 3인분을 맛있게 먹고 추가로 주문한 튀김도 소스에 찍어 야무지게 먹었다. 맛은 평범했지만 배부르게 잘 먹었다. 포만감을 느꼈던 것도 잠시, 직원이 작은 쟁반에 무언가를 들고 왔다. 하얗고 작은 양주잔 같은 것에 담긴 노란빛의 디저트. 설탕의 엉성한 그을림마저 귀엽게 느껴졌던. 입가심하라고 크림 브륄레를 내 온 것이다. 메뉴판 어디에도 크림 브륄레가 함께 서빙된다는 말은 없었다. 작은 티스푼으로 캐러멜라이징 된 설탕을 톡톡 깨서 커스터드 크림과 함께 맛보았다. 토치로 설탕을 많이 그을렸는지 쓴맛이 났다. 뒤에 딸려 온 달콤함. 함께 한 지인들은 너무 달다며 조금 맛보곤 티스푼을 내려놓았다. 내 입맛엔 달지 않고 오히려 쓴 쪽에 가까웠기에 고개를 갸우뚱하며 계속 스푼질을 했다. 설탕 결정이 유리 조각처럼 날카로워 자칫 잘못 씹다간 입안에 상처가 날 수도 있었다. 커스터드 크림에서는 묘하게 달걀 비린내도 났다. 맛있다, 맛있어. 이상하게도 마음과 다른 말을 연신 내뱉으며 잔을 싹싹 비웠다.

후식으로 크림 브륄레라니. 많고 많은 디저트 중 왜 크림 브륄레?

나는 티스푼으로 마지막 커스터드 크림을 건드리며 지인들에게 물었다. 실처럼 얇은 크림은 벽에 생긴 빛 그림자 같았다.

그러게. 안 어울려.

지인 A가 고개를 저으며 답했다. 그 대답에 유독 빈 잔이 아쉬워지면서 크림 브륄레를 더 먹고 싶어졌다.

마무리 짓지 못한 마음, 빈손으로 돌아가는 마음, 실수해 버리는 마음. 아쉬운 일에는 늘 나의 조급함이 우선적이었다. 그러고 보면 아쉽다는 마음은 대상에 대한 내 감정의 총량이 부족할 때 느껴지는 일. 모자람에서 오는 안타까움은 늘 더 큰 궁핍을 만들어 냈다. 한때는 허들을 넘고 싶어서 궁핍과 빈곤을 무언가로 채우고 덮길 반복했다. 그것은 대체로 감정과 건강하지 못한 희생이었고, 궁핍과 빈곤이 왔으니 어서 이것을 채워야 해. 하는 강박에 시달리기도 했다. 인간관계에서든 일에서든 나 자신에게

서든. 빈 바구니는 어찌저찌 채워 돌려보냈지만 정작 내게 남은 건 외로움이라는 감정뿐이었다. 언젠가 재미로 본 사주에서, 점쟁이가 내게 "외로움을 타고 난 팔자네. 늘 100을 줘도 60만 받아. 근데 또 100을 받아도 60이라고 생각해. 그래서 늘 외로워."라며 말년까지 외로움이 따른다고 하였다. 외로운 감정은 뭘까? 결핍일까 그리움일까. 사랑일까.

디저트는 내게 100이면 100을 주었다. 돌이켜보면 디저트 먹을 땐 대개 혼자였고, 혼자인 시간은 궁핍과 빈곤에게 자리를 내어주지 않았다. 늘 누군가와 함께일 때, 누군가의 큰 감정이 되고 싶을 때 나는 아쉬워졌고 늘 그을렸고 기진맥진했다. 시간의 일부를 디저트로 채우는 일은 한정적이고 짧다면 짧게 느껴질 수도 있었지만, 그럼에도 나는 내 몫의 디저트와 내가 맞대는 순간이 좋았고 기다려졌다. 그것이야말로 순수한 조급함이자 사랑이라고 느꼈다. 설령 맛이 형편없거나 전혀 어울리지 않는 재료의 합으로 이뤄진 디저트를 먹었다 하더라도 그 오해와 실수마저 좋았다. 모양과 색, 디자인은 너무도 아름다운데 맛이 없다거나, 언뜻 보기에 평범하고 끌리지 않는 비주얼인데 뜻밖의 맛을 냈을 때. 편견과 오만에 심히 건방져 있을 때 디저트는 달콤하고 뭉근하게, 가끔은 날이 선 단호함으로 나를 부드럽게 이끌어주었다.

후식으로 작은 컵에 담긴 크림 브륄레를 내오던 그 떡볶이집은 몇 달 이후 문을 닫았다. 나는 뼈대만 남은 그 건물 앞을 지나갈 때마다 토치로 설탕을 그을리는 한 사람을 떠올린다. 마지막의 일, 가장 나중의 일, 완성하는 일, 해야만 하는 일. 설탕은 매끄러운 제 모습을 점점 잃어 간다.

그러면서 딱딱하게 굳어 간다. 무해해진다. 충분히 달콤해진다.

지울 만큼의 일

버터바

주말 아침, 눈이 저절로 떠졌다. 스마트폰을 켜고 시간을 확인하니 오전 7시가 채 안 되었다. 이불 속에서 조금 뒹굴다 고속버스 앱을 켜고 집과 가까운 터미널에서 가장 이른 시간대에 출발하는 목적지를 검색했다. 내가 있는 곳으로부터 두 시간가량 소요되는 원주. 버스는 9시 출발 예정이었다. 인원 한 명, 버스 맨 앞자리를 예매하고 그제야 창밖의 날씨를 확인했다. 조금 흐리지만 우울하지는 않은. 모두 계획에 없던 일이었다.

머리를 감고 양치를 하고 천천히 옷을 입으며 에코백에 물품을 하나둘 챙겼다. 터미널까지는 본가인 일산에서 도보 15분 정도로 가까웠으므로 버스 출발 시간까진 넉넉히 여유 있었다. 준비를 마치고 그제야 원주에서 무얼 할지 검색했다. 원주는 태어나서 처음 가 보는 곳. 연고지가 아닌 곳. 가고 싶은 카페나 빵집, 서점이나 명소가 있는 것도 아니었다. 나는 그저 꽤 오랜 시간, 가능한 한 빨리 오랜시간 정차하지 않는 고속버스를 타고 싶었다.

터미널 의자에 앉아 버스가 도착하기를 기다렸다. 호두과자, 커피, 분식 등을 파는 상점들 앞으로 사람 몇몇이 줄서 있다. 나는 터미널 의자에 앉아 뽑아 든 표를 만지작거리며 사람들을 쳐다보았다. 그 사이 버스가 도착했고 가

장 먼저 버스에 올랐다. 고속버스나 시외버스를 타는 일
은 늘 좋다. 덜컹대며 내가 달리고 있다는 사실을 몸소 느
낄 수 있어 좋고 세 시간 이상의 장거리 운행에 들르는 휴
게소를 기웃거리는 일도 좋다. 휴게소는 예기치 않은 기
쁨을 준다. 언젠가 한 번은 '금산'이라는 도시에 가고 싶었
는데, 차편이 원활하지 않아 망설이고만 있었다. 그런데
마침 통영에 갈 일이 있어 편도 네 시간가량의 고속버스
를 타게 됐는데, 그 중간 지점이 금산 휴게소였다. 인삼이
유명한 도시답게 휴게소 곳곳에는 인삼 캐릭터가 밝게 서
있었다. 당연한 말이겠지만 휴게소 풍경은 휴게소답다.
굳이 밥을 먹거나 알감자, 호두과자 등의 주전부리를 사
먹진 않지만 '쉼터'라는 점에서, 나는 충분히 안정이 된다.
그건 내가 목적지로부터 이만큼 떨어져 왔다는 사실과 앞
으로 가야 할 목적지에 대한 무지함에서 나오는 설렘일
터였다.

　원주는 편도 두 시간가량의 나름 짧은 거리였으므로,
휴게소를 들르지 않고 곧장 터미널 역에 도착했다. 내리
자마자 근처 독립서점을 찾았다. 서점에서《원주》라는 제
목의 독립출판물을 우연히 보았고, 구매했다. 구매하니

봉투에 부록처럼 작은 사탕과 과자가 함께 딸려 왔다. 다음으로, 고속버스 안에서 눈여겨보았던 카페로 방향을 틀었다. 시내에서 아주 멀리 떨어진 곳. 그곳까지 가는 길은 매우 불친절했다. 버스는 배차간격이 길었고 배차간격이 긴 그 버스를 타고 종점을 연상케 하는 역에 내려 30분가량을 또 걸어야 했다. 심지어 인도도 아닌 도롯가였다. 그럼에도 거닐었다. 도롯가든 비포장도로든 제한구역이든 그저 걷고 싶었다. 마을버스에서 내려 카페 쪽으로 걸었다. 논밭이 양옆으로 펼쳐진 2차선 도로 한쪽에 치우쳐 조심조심 총총 걸었다. 주유소, 딸기를 파는 농장과 버려진 타이어, 줄에 묶인 들개, 하늘에는 간간이 헬리콥터가 지나갔다. 차들은 서로 엇갈려 달리다가도 그 수가 빈번하지 않았고 쌩, 하는 소리 다음 동안의 정적에 힘입어 목적지까지 열심히 갔다.

카페 안나. 카페의 이름이었다. 영화 〈추억의 마니〉의 마니가 사는 궁전과도 같았던 곳. 나름 잘 손질된 정원이 있고 고양이들이 뒹굴고 있었다. 들어가니 손님은 나뿐이었다. 2층 주택을 개조해 만들었나 싶을 만큼 넓고 한적했고 탁 트인 시야 곳곳으로 산과 구름, 비닐하우스와 트럭, 낮은 지붕들이 보였다. 카운터 쪽에 진열된 투박한 구움 과자들. 그곳엔 늘 궁금했던 버터바가 있었다.

4인용 테이블에 앉아 버터바를 칼로 조심스레 갈랐다. 도로 위 차들의 무자비한 소음, 기계의 소란, 자꾸만 반대 방향으로 부는 바람을 잔뜩 묻히고 먹는 버터바. 꾸덕꾸덕한 식감의 투박한 모양과는 달리 처음부터 끝까지 달기만 했다. 행복과 긍정, 웃음과 화합, 만남과 축복으로만 이루어진 단단한 지우개……

설렘과 달콤함이 무자비하게 혀 안에 금세 퍼진다. 새이불을 들추는 일처럼 곱게, 단정히 퍼진다. 이름에서부터 알 수 있듯 다량의 버터와 설탕의 압축으로 이루어진 디저트. 맨 아래엔 고소한 타르트지가 깔려 있어 버터 쿠키를 먹는 것도 같다. 생각보다도 더 달아서, 단맛에 강한 나조차도 포크질 하는 속도가 느릿느릿해질 수밖에 없었다. 모든 감각이 단맛에 집중되면서 가졌던 고민과 생각이 지워졌다. 버터바가 내 행복을 더 가져가. 더 달콤해져! 하고 속삭이는 것 같았다. 쉽게 흥이 오르고 웃음 나는 맛. 굳은 밀도감으로 포크 자국이 표면에 그대로 남는, 정직하고 끈기 있는 이 작은 디저트 앞에서 걷고 달려왔던 나약한 마음이 부끄럽게 숙연해졌다.

원주에서 돌아온 이후 지금까지 버터바를 사 먹지 않았

다. 카페 안나의 버터바가 특출나게 맛있어서 그런 것은 아니고, 버터바로 지울 만큼의 괴로운 일을 아직 겪지 않았다고나 할까.

사요나라 디저트

장어 파이

이별과 작별의 순간에 쓰이는 '사요나라'. 그 말을 중고등학교 시절부터 교과서, 문제집, 미디어 등에서 자주 보아왔지만 실제 그 쓰임을 경험하거나 두 눈으로 그 단어를 사용하는 이를 본 적은 없었다. 사요나라는 꽤나 긴 이별의 순간에 쓰이는 말이구나, 하면서 그저 어느 언어 문법에나 있을 법한 일로 생각해 왔다. 그런데 올여름 떠난 시즈오카에서 낯선 이로부터 사요나라 라는 말을 들었다. 면전에서 그 말을 들었던 순간 가슴에 돌이 쿵 하고 떨어진 듯, 예기치 못한 이별을 맞이한 것처럼 몸과 마음이 잠시 굳었다. 몇 시간의 짧은 만남을 아쉬워하며 '당신의 행복과 안부를 응원할게요'라는 따뜻한 마음에서 우러난 말이었을 텐데, 두 귀로 그 단어를 듣는 순간 기억과 상황 일부가 급하게 바래졌다.

그날은 여행을 마치고 한국으로 돌아가는 날이었다. 나는 시즈오카 공항으로 가기 위해 버스 정류장에서 공항버스를 기다리고 있었다. 여행 마지막 날이라, 그간 찍은 사진을 넘겨 보며 제법 지루하지 않게 버스를 기다리고 있었다. 그럼에도 기다리는 일은 매우 고역이었다. 한낮 기온이 무려 40도에 가까운, 불볕더위였기 때문이다. 정류장엔 나 이외 다른 이의 모습은 보이지 않았다. 다들 근처 편의점이나 백화점, 실내에 대기하고 있다가 시간에 맞춰 슬금슬금 나올 것 같았다. 나는 혼자였으므로 혹시나 실내에서 대기하고 있다가 줄이 불어난 탓에 버스를 타지 못할까 봐 걱정이 되어 버스 도착 몇십 분 전부터 큼직한 캐리어 하나와 짐 여럿을 앞에 두고 버스를 기다렸다. 게다가 지금 서 있는 이 정류장은 공항버스의 가장 마지막 정차 지점이었고, 운이 좋지 않으면 전 정류장에서 이미 만석이 되어 탑승이 불가할 수도 있었다. 그렇게 흐르는 땀을 최대한 회피하며 두 눈을 스마트폰에만 고정하고 있는데, 내 옆으로 중장년의 여성이 아이 두 명을 데리고 줄을 섰다. 셋은 모두 일본인이었고 얘기 나누는 것으로 짐작해 보았을 때 손주와 할머니 사이 같았다. 두 아이는 큼직한 캐리어와 짐 위에 걸터앉아 그림책을 보고 있었다. 폭염의 날씨에도 여자는 두 아이에게 그림책을 읽어주었고, 아이들은 조용히 그림책을 보았다. 그러다 정류장에서 좀 떨어진 곳에 차 한 대가 멈추어 서고, 아이들은 그림책을 챙겨 그쪽으로 뛰어가기 시작했다. 여자는 급히 뛰어가는 두 아이를 보며 어쩔 줄 몰라 하다가, 나에게 일본어로 무어라 말했다. 대충 잠시 짐을 맡아달란 얘기 같았고 나는 웃으며 하이(네), 라고 대답했다. 여자는 아이들을 쫓아갔고, 차에선 젊은 두 남녀가 내렸다. 보아하니 두 아이의 부모 같았다. 아이들은 차에 탔고 어른 셋은 웃으며 이런저런 얘기를 나누었다. 나는 그들에게 잠시 시선을 두었다이내 다시 스마트폰을 보았다. 그러면서 여자의 짐을 내쪽으로 약간 옮겼다. 곧 짐 뒤로 사람들이 하나둘 줄을 서기 시작했다.

여자는 황급히 다가와 내게 시원한 물 한 병을 건넸다. 연신 고맙다며 웃었고, 나는 괜찮다고 화답했다. 여자가 건넨 물병의 뚜껑을 따고 물을 벌컥 마셨다. 시원한 만큼 고마웠다. 버스 도착까진 오 분 남짓. 대기줄도 점점 길어졌다. 여자는 내게 일본어로 뭐라 말을 걸었다. 대충 또 짐작해 보았을 때 손주들을 제 부모한테 보내고 왔다는 뉘앙스 같았다. 나는 웃으면서 아아, 거리다가 아노 와따시와 칸코구진데스라며 난감한 내색을 비쳤다. 여성은 더 놀라며 내가 일본인인 줄 알았다 한다. 내가 한국인인 걸 알게 되었음에도 여성은 계속 일본어와 간단한 영어를 섞어가며 내게 말을 붙였다. 우리는 짧은 시간 동안 제법 많은 얘기를 나누었다. 어제 본 후지산 이야기를 시작으로 여자는 당신의 스마트폰에서 두 손주의 사진을 보여주었다.

　버스가 도착하자 우리는 자연스레 탑승 준비를 했고, 자연스레 서로 다른 좌석에 앉았다. 공항 가는 약 한 시간 동안 나는 뒷좌석에서 나보다 앞에 앉은 여자의 뒤통수를 자주 힐끔거렸다. 그러다 잠시 잠들었다. 공항에 도착해 버스에서 내린 후 짐칸에서 캐리어를 꺼내려고 몸을 잠시 숙였다. 몸을 일으킨 그 순간 여자가 사요나라라는 말과 함께 내 앞을 재빠르게 지나갔다. 나는 인사에 답하려고 웃다가 아, 어, 하면서 잠시 그 자리에 가만히 서서 멋쩍게 캐리어 손잡이만 세게 쥐었다.

　수속을 마치고 탑승 시간까지 시간이 남아 이리저리 공항을 돌아다녔다. 아니, 배회했다는 표현이 더 맞을 것이다. 사요나라, 사요나라. 그 단어가 여자의 얼굴과 목소리에 자주 엎질러졌다.

　탑승 시간을 몇 분 앞두고 시즈오카에서 내내 사지 않았던 우나기 파이(장어 파이)가 생각났다. 장어 맛의 파이라니. 생각만 해도 입맛이 떨어지는군. 하며 눈독 들이지 않았던 기념품이었는데, 탑승 대기실에서 한국인 남녀가 이게 그렇게 맛있대. 말만 장어지, 장어 맛이 아니야. 하는 말에 면세품 구역으로 달려가 한 상자를 샀다. 웬걸.

시즈오카에서 산 수많은 먹을거리 중 그 장어 파이가 제일 맛있었다. 사요나라를 맞은 그 순간처럼, 한입 넣자마자 버터의 고소함과 페이스트리의 사각거리는 식감에 넋을 잃었다. 생각지 못한, 예기치 못한 감정을 잘 타이르고 달래기. 후드둑 후드둑, 부스러기가 생길 때마다 안녕히 가세요. 잘 지내세요. 라는 말이 달콤하게 느껴졌다.

수많은 창문

애플파이

뜨거워도, 차가워도, 어떤 모습이어도 어떤 기운이어도 맛있는, 그대로 사랑해 줄 수 있는 애플파이. 격자무늬의 수많은 창문을 가진, 모래알 크기의 크럼블을 덕지덕지 묻힌 장난꾸러기 같은, 반달 모양의 아쉬운 얼굴이어도 애플파이는 내게 언제나 애플파이로 다가온다. 사과의 겹이 멋지게 엎질러진, 타르트 타탕(슬라이스 사과에 버터와 설탕을 뿌린 후 오븐에 넣고 구운 프랑스식 애플 타르트)처럼 김이 모락모락 날 정도의 뜨거운 애플파이도, 그 위에서 차갑게 함몰하는 바닐라 아이스크림도, 애플파이가 이끄는 여러 장면 속에서 나는 애플파이를 제대로 즐길 줄 아는 사람이 된다.

애플파이가 왜 좋을까. 애플과 파이라는 외국어가 풍기는 멋스러움이 좋다. 사과를 졸이는 시간이 좋고, 그 시간의 향이 좋다. 졸여야 하는 기대감이 좋고 졸이기 위해 여러 개의 사과 껍질을 깎는 시간이 좋다. 사과를 졸이기 위해 설탕을 먼저 태우는 일이 좋고, 설탕이 캐러멜라이징되는 장면이 좋다. 설탕 막이 주방에 크게 생기는 것이 좋고 사과의 투입이 그제야 이루어지는 그 과정. 그 시간이 좋다.

한때 제법 큰 규모의 베이커리 카페에서 디저트 만드는 일을 했었다. 인적이 드문, 차 없이는 가기 힘든 곳에 있던 카페였다. 카페는 본관과 별관으로 나뉘어 있었다. 본관에선 커피와 음료, 디저트를 주문할 수 있는 카운터와 테라스, 좌석들이 마련되어 있었고 별관은 반려동물과 동행한 이들을 위한 좌석이 있었다. 나는 별관 한쪽에 마련된, 제법 넓은 주방에서 다른 동료들과 파이를 만들었다. 오전부터 당일 판매할 파이를 만들었고 오후까지 대략 몇십 개의 파이를 만들었다(정확한 개수는 기억나지 않는다). 파이 지부터 파이 위를 채울 필링과 크림까지, 직접 다 만들어야 했으므로 작업은 오전 일찍부터 저녁 늦게까지 이어졌다.

유독 내가 좋아했던 작업은 카페의 주력 메뉴 중 하나인 애플파이에 들어갈 사과 조림을 만드는 것이었다. 정확히는 사과를 조리는 일이었다. 대개 그 작업은 점심을 먹고 난 후인 2시부터 4시 사이에 이루어졌고 약 2kg의 사과 껍질을 벗겨내는 일부터 사과를 얇게 자르고, 커다란 냄비 2~3개에 설탕을 넣고 달궈 캐러멜라이징한 후, 얇게 잘린 사과를 한데 부어 냄비 전체에 수분이 생길 때까지 푹 조리는 일이었다. 상앗빛의 사과가 짙은 밤색이 될 때까지는 꽤 오랜 시간이 필요했다. 그 사이 버터를 자르고, 과일을 깎고, 설거지를 하고, 오븐 문을 여닫고 구워진 케이크 시트에 생크림을 바르는 등 분주하게 이것저것 하다가도 틈틈이 주걱으로 냄비를 가득 채운 사과를 뒤적여야 했다. 사과가 타지 않게, 우는 아이 달래듯 사과를 잘 다뤄야 했다.

사과에서 수분이 조금씩 나오기 시작하면 주방 전체에 달콤한 사과 향이 진하게 퍼졌다. 여름에서 겨울까지, 연둣빛 나뭇잎이 잔가지가 될 때까지 그 향을 맡았는데, 단순히 사과 향을 맡았던 것으로 한 계절을 어찌저찌 잘 살아온 것 같았다. 다른 작업을 하고 있다가도 그 냄새를 맡으면 아, 대략 세시 정도 되었구나. 하거나 무의식적으로 창밖 풍경을 내다보곤 했다. 나는 냄비 안에 가득한 사과들이 제각각 같은 빛을 내길 바라면서 그들을 주걱으로 자주 뒤적거렸다. 맨 밑바닥의 사과는 벌써 한창 낙엽 빛인데, 맨 위 사과의 모습은 아삭하기만 한 풋풋한 사과 그 자체인 게 싫었다. 너덜너덜해진 헌책 같은, 수분과 시간을 한껏 머금은 사과를 위로 올리고 생채기 하나 없는 맑은 사과를 아래로 보냈다. 어떨 땐 씩씩거리며 분노하듯 저었다. 수분을 공평하게 머금은 사과는 처음 크기의 절반 이상으로 줄어들어 있었다. 깨끗한 냄비에 버터를 넣고 약간 데운 후 잘 조려진 사과를 부었다. 그렇게 완성된 사과 조림은 냉장 보관되어 금세 차가워졌다.

애플파이를 먹을 땐, 옵션으로 바닐라 아이스크림을 꼭 추가해서 먹는 편이다. 단단한 아이스크림이 서서히 파이지와 겹겹의 사과 조림 사이로 스밀 때, 그 갈라짐을 바라본다. 수직으로 흘렀다가 양옆으로 뻗어나가는 여러 갈래의 구름이나 물속 잉크처럼, 놓음으로써 생기는 그 자연스러운 헤어짐을 진득하게 바라본다. 스미기를 좋아하니 금세 녹을 것을 알면서도 먼저 녹아버린 아이스크림을 아쉬워한다. 가운데 오도카니 서 있는 애플파이 주변이 흥건해진다. 비가 그치길 기다리는 건지, 비를 맞고 있는 건지 모를 모습처럼. 녹은 아이스크림은 애플파이의 일부가 된다. 애플파이 위의 격자무늬는 대개 파이지를 만들고 남은 자투리 반죽을 모아 만들어진다. 밀대로 길게 밀어 모양을 갖추곤, 하나하나씩 포갠다.

남는 반죽이 없으면 굳이 만들지 않아도 돼요. 대신 졸인 사과를 듬뿍 올려 주세요. 나는 제멋대로 파티시에가 되어 천진난만한 상상을 한다.

번외 에피소드

작가 미팅이 있는 날이었다.

스스럼없이 환하게 웃으며 첫인사를 주고받았는데 작가님께서 "첫 만남인데도 왠지 어디선가 뵌 것 같아요." 하시더니 "요즘엔 이런 말로 플러팅하기도 하더라고요." 덧붙이며 밝게 웃으셨다.

누군가의 집에 초대받았을 때, 또는 누군가를 초대했을 때. 애플파이만큼 플러팅하기 좋은 디저트도 없는 것 같다. 후식으로 준비한 애플파이. 수분을 날리며 한껏 졸아든 사과와 설탕으로 뒤척인 범벅의 시간. 언젠가는 꼭 애플파이를 구워야겠다.

시간의 겹

크루아상

새벽 추위에 잠들었다 깼다를 반복했다 보니 아침 기상이 유독 힘들었다. 일어나자마자 침대 옆에 놓인 전기 난로의 전원 스위치를 확인해 보니 불이 들어오지 않는 게, 작동이 되지 않던 모양이다. 모르고 전원을 꺼버렸나 싶어 전원 스위치를 켜니, 아예 전원이 들어오지 않았다. 으슬으슬 몽롱한 기운으로 창문 쪽으로 다가가 커튼을 걷고 문을 살짝 열었다. 해도 구름도 없는 런던의 날씨. 오늘은 또 비가 오려나. 물음을 삼키며 외출 준비를 했다.

화장실에서 머리를 감고 세수와 양치까지 마친 후 방문을 열고 계단을 살금살금 내려갔다. 집의 냄새 그리고 아래층에서 들려오는 유구한 인기척. 주방으로 들어서자 집주인 리타가 아침을 준비하고 있었다. 식탁에는 우유와 오렌지 주스, 다양한 맛의 잼과 약간의 과일 그리고 따뜻한 커피가 있었다.

좋은 아침이에요.

네. 좋은 아침이에요.

이쪽으로 와서 앉아요.

고마워요.

잘 잤어요?

네. 덕분에 큰 침대에서 편하게 잘 잤어요.

춥진 않았어요?

사실 조금 추웠어요. 음. 밤새 난로가 작동하지 않은 것 같아요.

오, 그래요? 미안해요. 이따 올라가서 확인해 볼게요.

신문과 여분의 책으로 둘러싸인 식탁에 앉아 빈 접시를 바라보며, '오늘의 빵'을 기다렸다. 런던에 온 지 삼 일째. 리타는 아침마다 매번 오늘의 빵을 내어준다. 오늘의 빵을 기다리는 그 시간이 참 좋았다. 빈 접시에 채워질 빵 냄새를 맡으며 주방 뒤쪽 오븐을 힐끔거렸다. 그러면 몸이 금세 후끈, 따뜻해졌다. 리타의 홈메이드 빵이면 더 좋았겠지만 마트에서 사 온 빵이어도 상관없었다. 지난 사흘간 리타는 주로 페이스트리 류의 빵을 내왔다. 첫날엔 심플한 크루아상, 둘째 날엔 팽오쇼콜라, 그리고 오늘은 무엇일지 궁금했다.

자, 뜨거우니 조심해요.

오늘도 크루아상이군요. 좋아요.

후후. 커피? 우유?

112

오늘은 커피로 할게요.

리타는 식탁 위에 놓인 모카포트를 들고 다시 뒤쪽 주방으로 향했다. 커피를 끓이기 위함이었다. 그사이 갓 데워진 뜨끈한 크루아상이 모락모락 내게 겨울 인사를 건넸다. 첫날 먹었던 것과 같은 크루아상인 줄 알았는데 모양이 조금 달랐다. 손으로 끝부분을 조금 떼어 맛보았다. 온기로 인해 버터의 고소하고 담백한 향이 단시간에 금세 퍼졌다. 식탁 한편에 마련된 살구잼과 블루베리잼도 함께 곁들였다.

리타는 따뜻한 커피를 내 몫의 빈 머그잔에 따라 주며 나를 마주하고 앉았다. 우리는 함께 크루아상을 먹고 커피를 마시고 두런두런 이야기했다. 두 손으로 크루아상의 테두리를 하나씩 벗겨가며 그의 이야기, 나의 이야기를 번갈아 주고받았다. 당시 나는 오래 교제하던 연인과 이별을 한 상태로 몸과 마음이 만신창이가 되어 있었고, 코로나가 막 터지던 때라 이런저런 심심하지 않은 얘깃거리가 많았다. 리타는 코로나가 점점 더 심해질거라 예측했지만 나는 심해지더라도 곧 치료약이 개발될 것이고 큰 문제 없을 거라며 그의 우려를 다독였다. 리타의 남편은 늘 우리 대화의 중간에 들어와 리타의 곁에 앉았고, 나에게 선한 웃음으로 늘 먼저 인사를 건넸다. 커피를 마시며 식탁 한편에 마련된 신문이나 책을 읽었고, 나는 그의 아침 시간에 함께이고 싶어서 부러 크루아상의 겉 부분을 조심스레 천천히 벗기고 떨어진 부스러기를 촘촘히 집어 먹었다.

오늘 저녁엔 제 딸이 올 거예요.
오 그래요? 2층 방의 주인을 드디어 볼 수 있겠군요!
후후. 이따 마주치게 되면 인사 나눠요.
좋아요.

넷째 날 아침, 어김없이 크루아상을 먹으며 대화를 나누었다. 오늘은 초콜릿 칩이 박힌 크루아상이었다. 별사탕처럼 박힌 초콜릿을 손으로 떼어내며 다소 천진난만하게 천천히 크루아상을 먹으며 리타의 얘기를 들었다.

사실 그 아이는 제 친딸이 아니에요.
그이가 바람피워서 낳은 자식이에요.

문득 초콜릿 칩을 파고 있는 내 모습이 너무 무례하다고 느껴졌다. 옆에 놓인 휴지에 손을 닦고 의자를 당겨 몸을 자연스레 앞으로 하여 그의 눈동자와 입술의 움직임을 놓치지 않으려 했다. 리타는 남편의 외도를 받아들이고 용서했다는 말을 몇십 분에 걸쳐 늘어놓았다. 또 지금의 딸이 얼마나 예쁘고 사랑스러운지도. 결국 그날 크루아상은 대화가 종료된 이후에도 다 먹지 못해 한 덩어리로 뭉개 입에 욱여넣었다. 풀이 죽은 크루아상은 돌덩이가 되어 식도를 타고 힘겹게 내려갔다. 목이 메여 급하게 주스를 마셨다.

관광을 마치고 리타의 집으로 돌아왔을 때, 리타와 리타의 남편 그리고 그의 딸은 부엌에서 잔을 기울이며 저녁 식사를 하고 있었다. 나는 시내에서 산 초콜릿을 건넸다. 리타의 딸은 나의 선물을 받아 들곤 포옹을 건넸다. 처음 본 사람에게 안기긴 처음이었다. 그들의 권유로 마지막 날까지 와인을 마시며 담소를 나눴고, 잠 들기 전 약간의 취기 속에서 나는 포옹의 느낌을 되새겼다. 혼자인 여행의 외로움이 와인잔과 담소, 초콜릿과 치즈, 감탄사와 외국어로 겹겹이 덮였다. 웃음과 눈빛, 포옹을 생각하면 몸이 따뜻하다 못해 뜨겁게 부풀었다. 그들의 얼굴과 목소리는 더는 기억나지 않는다. 에어비앤비 앱에서도 리타의 집은 사라졌다.

어느 날, 제과점에서 평소에 잘 먹지 않는 크루아상을 샀다. 데워주세요, 요청한 후 자리를 잡고 앉았다. 습관적으로 바삭한 테두리를 하나둘 벗겼다. 가장 바깥의 바삭함을 떼어내다보니 어느새 자연스레 촉촉해졌다. 따뜻하게 데워도, 데우지 않아도 그 사실은 변함이 없다. 실수로 엎질러진 버터처럼 이 집의 크루아상은 버터의 이야기로 가득하다. 촉촉한 살결을 살짝 떼어 떨어진 부스러기와 함께 먹었다. 그 둘의 엉성한 모양은 날 불규칙한 시간으로 데려간다. 빈 의자에 자연스레 앉는다. 추상의 얼굴에서 기본의 감정을 얻는다. 몇 해가 지나도 그 감정 앞에선 늘 초심이다. 크루아상만이 건진 그물처럼, 크루아상 먹을 때만 떠오르는 이야기가 있다. 그것은 이따금 떠오른다. 필연적으로 떠올려야만 했던 것처럼. 그 생각만으로 야금야금 먹었다.

처음의 마음

바스크 치즈케이크

윗면이 까맣게 그을린, 군고구마가 떠오르는 치즈케이크. 200도가 넘는 고온에서 단시간 굽는 것이 특징인 이 케이크는 숯검의 모습과는 달리 속은 연약하고 무르고 부드럽다. 눈 뭉치를 만질 때처럼 순수하고 조심스럽다. 기꺼이 뜨겁기를 선택했고, 그 안에서 마음껏 뒹굴고 포옹해 윗면이 바싹 타버렸기에 누군가는 이를 잘못 구운 케이크, 실수의 케이크라고 할지 모른다. 이 바스크 치즈케이크를 두고 나는, '너무'라는 부사를 붙이고 싶다. 너무 사랑해서 그랬어, 너무 순수해서 그랬어, 너무 몰라서 그랬어…… 어쩌면 사랑을 말할 때 바스크 치즈케이크를 얘기하고 싶어질지도 모른다. 고온의 시간을 기꺼이 인내할 수 있었던 것. 그건 아마도 나에게 쉽게 뛰어든 단어들과 목소리, 눈동자와 냄새, 발자국이나 촉감이겠지.

모든 게 처음인 순간 앞에서 정말 맛있는 바스크 치즈케이크를 먹은 적이 있다. 처음 가는 도시, 처음 오는 동네, 처음 보는 사람. 모든 게 낯설었다. 첫 경험이 잊히지 않는 이유는 미완이라는 아쉬움 때문이기도 하지만 그 경험이 매우 강렬하고 선명해서, 그 장면을 붙잡아야 하는 이유를 만들기 때문이기도 하다. 그날은 기획안을 들고 작가 미팅을 하러 가는 날이었다. 편집자로서 첫 기획안이었고, 당연히 첫 미팅이었다. 상대는 전주에서 작은 공방을 운영하며 베이킹 클래스를 하는, 파티시에였다. 당시 실용서 편집자였던 나는 '초보 베이커를 위한 제과제빵 입문서'라는 다소 거창하고도 촘촘한 기획을 꾸려 든든한 마음으로 그를 보러 갔다. 공방까지 가는 길은 매우 조용했다. 몇 개의 편의점과 세탁소, 순댓국집과 원목 인테리어의 카페를 지나 그의 공방 앞에 도착했다. 다소 쌀쌀했던 날씨. 테이블엔 갓 구워진 크루아상과 따뜻한 아메리카노가 놓여 있었다. 인사를 나눴고 우린 마주 앉아 책 작업에 관한 이야기를 나누었다. 첫 미팅이었지만 고소한 버터 향을 맡고 김이 모락모락 나는 찻잔을 바라보고 있노라니 긴장이 자연스레 풀렸다. 잠시 후 그가 자리에서 일어나더니 약간 들뜬 표정으로 냉장고에서 무언가를 꺼내왔다. 코발트색 접시에 담긴 오묘한 치즈케이크였다. 윗면이 거무스름한 게 한 눈으로 봐도 바스크 치즈케이크였다.

아이스크림 같을 거예요. 드셔 보세요.

케이크는 혀에 닿자마자 쉽게 풀어졌다. 썹을 필요도 없는 케이크였다. 정상을 찍은 놀이기구가 단번에 하강하듯 나름의 스릴과 함께 으스러졌다. 너무나 쉽게 주저앉

아 버렸지만 그것은 슬픔이 아님을. 일으켜 세울 필요 없
는 행복의 순간임을 알고 있었다.

　때론 미각이 한 시절, 한 풍경 전체를 선물처럼 업고 올
때가 있다. 반복인 일상을 살다 보면 그런 일들이 예기치
못하게 내게 업힐 때가 있는데, 그런 순간은 대개 한 계절
에서 다른 계절로 넘어갈 때. 간절기를 지날 때 자주 맞닥
뜨린다. 투명하고 차가운 겨울바람이 송송 은연중에 퍼지
면 그때 먹었던 바스크 치즈케이크 맛이 떠오른다. 자리
에서 맡았던 버터 향과 실처럼 풀어지는 김도. 그 저자와
는 결국 계약까진 가지 못했지만 결과적으론 다른 저자와
더 좋은 책을 함께 만들었다. 입김이 나올락 말락 하는 초
겨울에 생각나는 바스크 치즈케이크처럼, '디저트 계절감
(디저트로 바뀌는 계절을 감각하는 것)'을 일으키는 몇몇 디저
트가 있다. 여름에서 가을로 넘어갈 땐 티라미수, 가을에
서 겨울엔 치즈케이크와 타르트, 겨울에서 봄으로 갈 땐
주로 마카롱과 생크림케이크를, 봄에서 여름을 향할 땐
구움과자류가 떠오른다.

　겉은 똑같이 탔지만 속은 저마다 다르다. 어떤 것은 치
즈 덩어리가 그대로 씹히기도 하고 어떤 것은 혀의 압축
에 단번에 으스러지는, 아이스크림 같다. 난 무르면 무를

수록 더욱 목이 멘다. 어쩔 수 없음으로 인한 '너무'의 마음이 떠오르다가도 결국 이 모든 건 '처음'의 마음이 만들어낸 것이므로.

요즘의 바스크 치즈케이크는 제법 그 모양새가 다양해졌다. 흑임자, 밤, 얼그레이, 로투스 등. 케이크의 거무스름한 등 위에 다양한 부재료가 풍경처럼 얹힌다. 어떤 처음을 가졌을까, 쇼케이스 안의 크럼블 가득한 치즈케이크를 보며 생각한다. 일반 치즈케이크처럼 굽는 도중에 중탕하는 과정이 없어 만드는 과정도 제법 간단하다.

1호 사이즈 원형 틀을 준비하고, 볼에 케이크 재료를 넣고 섞는다. 다량의 크림치즈와 밀가루가 들어가 반죽은 다소 매끄럽지 못하다. 고운 식감을 위해선 불순물을 제거하는 작업이 필요하다. 체에 1~2번 거르자 흡사 사골 곰탕이 연상되는 맑은 반죽이 완성됐다. 겉면이 타지 않게 유산지를 2~3장 두른 후 반죽을 붓고 꼬챙이에 반죽이 묻어나지 않을 만큼 고온에서 단시간 굽는다. 아이고, 케이크가 다 탔다. 망쳤네 망쳤어. 엄마의 말 한마디에 웃음이 났다. 잘 구워졌구나.

바스크 치즈케이크는 여느 다른 치즈케이크와 같이 구운 직후 먹기보다 최소 2~3시간 냉장 보관했다가 차갑게

먹어야 맛있다. 기호에 따라 생크림, 초콜릿 시럽, 생과
일 등을 곁들여 먹기도 하지만 가장 기본인 상태로 먹어
야 맛있다. 또 바스크 치즈케이크는 무난해서 좋다. 처음
만나는 사람과의 자리에서 디저트를 시켜야만 할 때 나는
포크 질을 쉽게 할 수 있는 케이크를 선택하곤 하는데, 그
중심엔 바스크 치즈케이크가 있다. 포크 위에 다소곳이
안착한 케이크를 쓱, 하고 입에 갖다 대면 입안의 달콤함
으로 또 기분 좋게 대화를 이어 나갈 수 있다. 뜨거웠다가
금세 차가워지는. 차가우면 차가울수록 더 쉽게 으스러지
는 케이크.

최애의 부스러기

퀸아망

이쯤에서 나의 최애 디저트를 소개해 볼까 한다. 사실 내 최애 디저트는 매월, 매년 바뀐다. 그럼에도 최애의 기준만은 명확한 편인데 대개 그 기준은 매월 또는 매일 내가 그것을 얼마나 자주 생각하고 먹는지. 빵집이나 제과점에 그 디저트(혹은 빵)가 있으면 무조건 사게 되는지. 그 디저트를 사러 갈 목적은 아니었지만, 제과점에 최애가 있으면 망설임 없이 자연스레 쟁반에 담는지 같은 것들이다.

퀸아망(Kouign-amann), 몇 년째 나의 최애 디저트다. 페이스트리 종류 중 하나인 이 과자는 크루아상처럼 밀어 접기를 반복해 만들기 때문에 여러 겹이 있다. 설탕이 겉면에 진하게 캐러멜라이징된 것이 특징인 퀸아망은 바삭하고 가벼운 식감이다. 특이하게도, 퀸아망엔 가염버터를 사용하는데 이는 과거 퀸아망이 처음 생산된 프랑스 브르타뉴 지방과 연관이 있다. 가염버터와 설탕을 듬뿍 넣었기에 맛도 녹진하면서 달콤하다. 버터의 느끼함과 설탕의 단맛을 사랑하는 나에게 퀸아망은 최애가 되지 않을 이유가 없다. 모양은 가지각색이다. 머핀처럼 위쪽이 봉긋 솟은 형태도 있고 몽블랑처럼 큰 덩어리인 모습도 있다. 그러나 우리에게 많이 알려진 대중적인 모습은 시나몬 롤과 비슷한 회오리 모양이다. 제과점에서 퀸아망 무리가 울 긋불긋 놓인 것을 발견하면 마음과 기분의 리듬이 빨라진 다.

퀸아망을 처음 먹은 날이 언제였을까. 도무지 기억나 질 않는다. 굳이 좋은 면만 골라 사랑에 빠지지 않는 것처럼, 어쩌다 보니 관심을 두게 되었고 자연스레 일상 반경에 들어오게 되었다. 퀸아망은 이름도 특이하고 발음 또한 재미있어서 지인에게 내가 제일 좋아하는 빵은 퀸아망이야! 하고 말하면 꿘아망, 꾸인아망, 꿘꿘아망 등의 웃음 섞인 말장난으로 이어진다. 또 퀸아망이 뭐야? 하고 물으면 나는 그것의 유래와 맛, 식감과 형태에 대해 간단히 설명하게 되는데, 그 과정이 매우 즐겁다. 퀸아망이나 크루아상, 팽오쇼콜라 등과 같은 페이스트리류 과자들은 많은 부스러기와 흔적을 남긴다. 그리고 나는 이렇게 부스러기가 남는 디저트에 어딘가 모를 애틋함을 느낀다. 부스러기를 생각하니 재작년 여름, Y를 만나러 일본 나라를 찾았던 기억이 떠오른다.

일본인 Y를, 나는 인스타그램을 통해 알게 되었다. 인

126

스타그램 탐색 피드를 심드렁하게 이것저것 구경하던 중, 옅은 분홍의 작은 책이 눈에 띄었다. 중철제본의 작은 독립출판물 같은 그 책의 제목은 《Muffin Crumbs》. 직역하면 머핀 크럼블, 머핀 부스러기라는 뜻이다. 디자인도 디자인이지만, 무엇보다 제목이 마음에 들었다. 영어 책인가 하고 보니 계정의 주인은 일본인. 일본인 Y가 해외를 돌아다니며 찍은 사진들(대부분 커피와 디저트가 놓인 카페 테이블이었다)과 함께 짤막한 영어와 일본어가 함께 쓰인 책이었다. 일어가 영어로 해석되어 있단 것과 커피와 디저트, 카페 사진이 작게 삽입되어 있다는 점에서 나는 그 책을 너무나 사고 싶었다. 판매 사이트가 있을까 하여 계정을 샅샅이 뒤져보았지만 구매할 수 있는 홈페이지나 링크는 따로 없는 듯했다. 용기를 내 그에게 다이렉트 메시지를 보냈다. 대략 나는 한국인이고, 당신의 책을 사고 싶으니 구매하는 방법을 알려달라고. 그는 가장 먼저 이모티콘 여럿과 함께 감사와 기쁨의 마음을 전했고, 아쉽게도 이 책은 소량 제작되어 그가 현재 일하고 있는 카페 외에 다른 곳에선 판매하진 않는다고 전했다. 아쉬움도 잠시, 나는 그에게 카페의 위치를 물었고 그는 나라현의 작은 시골 마을에 있는 카페라고 알려주었다. 마침 3주 뒤

나는 교토 여행을 앞두고 있었고, 망설임 없이 나라의 그 카페를 일정에 넣었다. 그에게 카페를 직접 찾아가겠단 말을 건넸고 그는 약간 놀란 기색이었지만 역시 설레는 마음으로 나를 기다리고 있겠다는 기쁨의 인사를 전했다.

Y에게 줄 선물을 샀다. 허니버터아몬드(일본인들이 좋아한다고 추천받았다)와 영양갱, 마스크팩과 립밤. 카페는 생각보다 나라역에서 많이 떨어진 곳에 있었다. 하루 운영 횟수가 2회뿐인 버스 시간에 맞춰 이동해야 했다. 두 시간이 비어 역에서 가까운 카페에서 책을 읽으며 케이크를 먹었다. 그래도 시간이 남아 근처 빵집에서 빵 몇 개를 사고 버스 정류장 근처 공원에서 사슴을 구경했다. 그러다 시간 맞춰 버스에 잘 탔고 드디어 카페로 향했다. 도심을 벗어난 버스는 금세 숲과 논, 낮은 지붕의 집들이 보이는 풍경으로 들어섰다. 하차 역에 내린 후 카페까지 좀 더 걸었다. 드디어 문을 열고 들어선 카페. Y와 카페 주인인 M이 카운터에서 손을 흔들며 나를 반겼다. Y는 그곳에서 매니저로 일하고 있었다. 영어 선생님이라는 또 다른 직업이 있었던 Y 덕에 그와는 영어로 이런저런 얘기를 나눌 수 있었고, 한국에서 챙겨 온 선물 봉투를 건네고《Muffin Crumbs》책을 선물 받았다. 여행의 좋은 기억과 순간, 풍

경들을 여행 부스러기라고 표현하던 Y. 밀크티와 과일 파르페를 먹으며 Y에게 짤막한 편지를 썼다.

당신과의 기억은 내 평생 교토 여행의 소중한 부스러기로 남을 거예요. 내 부스러기의 일부가 되어줘서 고마워요.

프렌치 파이, 빨미까레, 애플파이 그리고 퀸아망. 찰나의 행복을 위해 감수해야만 했던, 어쩔 수 없는 불편이라 여겼던 것들에게 새로운 의미를 붙였다. 앞으로는 지금보다 퀸아망을 더 자주 먹게 될 것 같다.

추상의 수식

빅토리아케이크

영국 여왕이 즐겨 먹었던 것에서 유래한 영국의 대표 디저트 빅토리아케이크. 나는 이것을 주변 사람들에게 수도 없이 추천해 왔다. 스펀지케이크 사이에 딸기잼을 펴 바르고, 그 위에 생크림을 얹는다. 취향에 따라 딸기, 체리, 무화과 등의 과일을 넣어 만들지만 보편적으론 딸기를 넣는다. 생크림 대신 버터크림을, 딸기잼 대신 라즈베리나 오렌지잼을 바르기도 한다. 버터크림은 라즈베리잼과, 생크림은 딸기잼과 먹었을 때 그 조합이 좋다. 나는 어떤 버전의 빅토리아케이크라도 상관없었다. 그저 빅토리아케이크가 빅토리아케이크라서 좋다. 혀끝에서 부드럽게 사라지는 촉촉한 스펀지케이크도, 존재감 확실한 버터크림도, 솜사탕처럼 흘러내리는 생크림의 잔여도 전부 좋다. 한동안 빅토리아케이크에 빠져 주에 5일을 사 먹었던 적도 있고, 느닷없이 들어간 카페 메뉴판에 빅토리아케이크가 적혀 있으면 급하게 주문하기도 했다. 단정한 생크림 아이싱을 거치지 않은, 노아이싱 형태의 자유분방한 헐렁함이 좋았고, 그 속에 얌전히 놓인 달콤함의 질서가 좋았다. 머핀 형태로 구워 시트의 머리 부분에 크림을 듬뿍 올리기도 하고, 티라미수 형태로 만들어 크림과 시트를 자유롭게 떠먹기도 했다.

빅토리아케이크에 푹 빠졌을 때, 그것을 자주 먹기도 먹었지만, 주변 사람에게 선물도 많이 했다. 좋아하는 것의 끝은 베이킹이었기에, 주말에는 재료를 사다가 직접 만들기도 했다. 모락모락 김 내뿜으며 통통하게 잘 부은 스펀지케이크를 볼 때마다 덩달아 미소도 방글방글 피었다. 깔끔하고 정교한 아이싱 과정이 필요 없었기에 내 맘대로 자유롭게 만들어도 되었다. 완성된 그 투박한 케이크 앞에선 마음 언저리가 잘 정돈되었다.

빅토리아케이크 하면 떠오르는 수식과 장면이 내겐 몇 개 있다. 그런 디저트를 갖는다는 건 참 감사한 일이다. 주말 오후 카페 테라스에서 빅토리아케이크를 먹으며 일기를 쓰는 나, 축하의 순간에 빅토리아케이크를 포장하는 나, 그것을 들고 걸어가는 발걸음, 생전 처음 와 본 동네에서 빅토리아케이크를 우연히 먹었던 것, 빅토리아케이크가 옹기종기 꽃처럼 모여 있는 장면. 시럽, 크림, 잼 그리고 때때로 속에 과일 조각들. 나파주, 파에테포요틴 등 이름도 생소한 제과의 여러 반짝이는 재료가 아닌 다소 시시하고 재미없을 수 있는, 몇 없는 재료가 만들어 낸 장면은 내게 아쉬움을 남겼지만 또 다른 장면을 주었다. 케이크 재료로서 당연한 것들이 만들어 낸 최상의 맛. 소소하게 행복한 일 같았다.

예전에는, 소확행의 의미를 잘 모르고 지냈다. 정확히는 행복의 감정을 몰랐던 거다. 친구들과의 수다, 카페에서의 독서, 풀밭을 뒹구는 길고양이들, 오소소 내린 낙엽비, 저녁놀 틈에 보인 손톱달…… 재미와 감동, 감사의 풍경이었지만 행복하다는 느낌은 받질 못했다. 행복은 어디에서 어떻게 피어나는 것일까. 감사한 마음이 행복인 걸까. 아니면 기쁨? 설레는 일이 행복일까?

행복이라는 사람이 있다.

너무도 기다려 온 사람이다.

우리 둘의 거리는 점차 좁혀진다.

언젠가 지인과 '우울의 층위'에 관한 이야기를 하고 있었다. 지인에 따르면, 자신의 우울에는 각기 다른 층이 존재한다는 것이었다. 그 경도와 세기에 따라 느끼는 감각이 다르다고. 최근에는 한강과 최은영 작가의 소설을 읽고 분출하듯 울음을 쏟아냈다고 한다. 나는 그 말을 듣고 있다가 그러면 최근에 행복해서 울었던 적이 있어요? 하고 물었다. 그는 눈을 몇 번 깜빡이더니 음, 네. 하고 대답했다. 십여 년간 시험 준비를 하던 친구에게서, 마침내 합격이라는 말을 전화로 전달받았을 때 자신도 모르게 억, 하고 눈물이 나더랬다. 어떤 단어와 문장도 생각나지 않고 그저 울음이 먼저 터졌다고.

남의 행복에 눈물이 흐를 땐 결국 자기 삶까지 생각하게 되는 것 같아요.

나는 그의 말에 덧붙였다.

그러고 보니, 문득 뜻하지 않은 장소에서 갑자기 눈시울이 붉어진 경우가 종종 있다. 만원 버스였고, 나는 맨 뒤 좌석에 앉아 있었다. 스치는 창밖 풍경 대신 콩나물시루처럼 빼곡히 서있는 사람들을 넋 놓고 바라보다가 순간 울컥해 버렸다. 내가 너무 잘살고 있다는 생각이 들었기 때문이다. 그저 끝내야 할 일을 끝냈고 오늘 해야 할 일을 오늘 했으며, 내일의 일들이 내일에 있다는 그 사실과 장면 속에 내가 건강히 있음에 눈물이 차올랐다.

행복은 아직도 내게 추상적이다. 사랑도 마찬가지. 추상적이기 때문에 미숙하고 미숙하기 때문에 더 잘하고 싶어진다. 나조차도 모르는 감정으로 이뤄지는 관계 속에서 우리는 그렇게 헤매고 또 제자리겠지. 추상을 명사화하는 일, 구체적으로 개념화하는 일이 곧 성숙이 아닐까.

행복이라는 사람이 있다. 너무도 기다려 온 사람이다.

기다렸다고, 보고 싶었다고 말한다.

그를 반갑게 맞이한다.

눈물 많은 사람에게

카스텔라

카스텔라에게 드는 확신처럼, 나도 나를 잘 설명할 수 있는 사람이면 어떨까. 내가 어떤 표정을 갖고 있고 어떤 사람들과 있을 때 기분과 태도가 가장 나다워지는지. 타인의 에너지와 비언어적 행동을 수직으로 흡수할 수 있는지.

사회생활을 제법 일찍 시작한 나는, 서비스직부터 사무직, 생산직 등 다양한 직무에서 여러 일을 경험했다. 단순한 용돈벌이 목적으로 시작한 일들이었지만 훗날 그 모든 건 성장의 비료가 되어 책이면 책, 조력자면 조력자 등 필요한 순간에 날 지키는 무기가 됐다. 일을 하면서 특별히 하기 싫었다거나 얼굴 붉히며 마무리된 적은 없었지만, 그곳에서 만난 사람들과의 연은 그리 오래 지속되지 못했다. 나 또한 그 당시 그런 관계를 소중히 하거나 감사해할 줄도 몰랐다. 거슬리고 삐걱댔던 작은 점들은 그 당시엔 하루를 좌지우지할 만큼 크게 다가왔고 시도 때도 없이 친구들과 가족에게 악랄한 감정을 쏟기에 바빴다. 그때의 나는 단정을 일삼았고, 지금의 나는 단순을 갖게 됐다.

한때 공항으로 출퇴근했던 적이 있다. 탑승객들의 탑승 수속을 도와 짐을 부치고 공항 게이트를 이리저리 뛰어다니며 비행기의 출발과 도착 시간을 체크하는, 항공사

지상직원. 그 당시에는 단순히 공항이라는 공간이 좋았기 때문에 공항에서 하루 종일 햄버거나 커피를 팔았어도 좋았다. 그저 어떤 일이든 꼭 공항에서 하고 싶었다. 정장을 사 입고 자기소개서를 고쳐 쓰며 면접을 준비했다. 새벽같이 일어나 머리망에 머리를 말아 넣고 헤어스프레이를 뿌려가며 깔끔히 단장하고, 또각거리는 구두를 신고 공항버스에 오르고. 막 뜨기 시작하는 해와 별을 번갈아 바라보며 출근했다. 차분하고 차가운 새벽 공기가 뺨에 닿던 그 느낌이 아직도 남아 있다.

공항은 너무 좋았지만 지상직 일은 여간 힘든 게 아니었다. 생소한 항공 용어, 오후 10시에 퇴근하고 다시 새벽 4시에 출근해야만 했던 혹독한 근무표. 무서웠던 선배들의 위계질서와 텃세, 숨을 조여오던 유니폼. 그럼에도 몇 개월간 버틸 수 있었던 건 동틀 녘 아무도 없는 게이트에서 바라본 비행기나 넓은 공항에서 우연히 좋아하는 동기와 마주쳤을 때. 그와 근무 시간이 겹쳐 짬을 내어 커피와 디저트를 앞에 두고 여행에 신나있는 승객들의 모습을 바라보며 수다를 떨 때. 일 마치고 개운한 기분으로 공항버스를 타고 집으로 돌아갈 때. 몇 분이세요? F열로 세 분 나란히 좌석 지정해 드릴게요. 라는 말에 행복해하던 사람들의 표정을 볼 때. 그런 조각들이 크게 뭉쳐 내 마음에 쉽게 흡착될 때마다 나는 차분히, 차갑게 다스려졌다. 울컥하면서 안정되었다. 조금 더 일할 수 있었다. 보람을 느낀다는 게, 꼭 우유에 젖은 카스텔라의 기분 같았다.

지상직 일은 6개월로 끝이 났다. 같이 입사한 동기들이 3개월을 채 버티지 못할 때마다 마음이 편치 않았다. 다른 사람들의 입에서 퇴사한 동기들과 퇴사할 동기들의 이름이 무분별하게 이러쿵저러쿵 나돌아 다니는 걸 견딜 수 없었다. 혹독한 스케줄 근무에 호르몬 균형을 잃어 몸이 망가졌고 정신 또한 조금씩 닳아갔다. 선배들의 따가웠던 눈초리, 잔소리와 험담 그 사이를 왔다 갔다 하는 이야기들, 퇴근 후에도 계속되었던 업무 메시지 등으로 스트레스가 쌓였고, 결국 그곳을 나오기로 했다.

퇴사하는 날 유독 말 한번 붙이기 어려웠던, 사이가 좋지만은 않았던 선배에게 단체사진을 찍자는 제안을 받았다. 그 제안에 정말 놀랐는데, 그도 그런 것이 그는 내가 하는 말마다 꼬투리를 잡곤 했으며 유독 내 앞에서 큰 소리로 실수를 지적했고, '설마 진짜 날 싫어해서 그런 건 아니겠지' 하는 심증을 깨뜨릴 만큼 날 무시하는 태도가 잦았던 사람이었다. 유니폼을 입고 다함께 웃으며 찍은 사진. 정 가운데에 있는 나는 괜히 멋쩍게 웃느라 표정이 엉망이었다. 짐을 정리하고 벗은 유니폼을 돌려주려 창고로 향했는데 그 미운 선배가 수고 많았어요. 다 잘되라고 했던 소리예요. 라며 들고 있던 유니폼을 가져갔다. 마지막까지 웃는 얼굴 한번 보여주지 않던 그의 모습이 지금까지 선명하게 기억이 난다. 웬만해선 잘 울지 않는 나였지만, 그날 유니폼을 반납하고 집으로 돌아가는 공항버스 안에서 유독 맑은 하늘에 너무도 쉽게 눈에 눈물이 고였다. 흐를 정도의 양은 아니었지만 날씨 좋은 날 그런 눈물을 흘릴 수 있는 날이 얼마나 더 될까, 곱씹으며 눈물 흘릴 날이 얼마나 있을까 세어보았던 기억이 있다. 그리고 그런 경험이 늘면 늘수록 나는 스펀지처럼 말랑하지만 그 안은 더 단단해져 있을 거라고. 그게 성숙일 거라고, 그 과정에 있는 거라고 믿게 되었다.

카스텔라를 우유에 찍어 먹으면 우유가 입안에 확 퍼진다. 어쩔 줄 모르는 얼굴로 네네 거리던 사회초년생 시절 내 모습 같다. 쏟아진 꽃다발처럼 무심하게 으스러지는 카스텔라. 한껏 머금어서 몸이 무거워질 법한 데도 바스러지고, 흩어지고, 뭉개진다. 눈물 많은 사람에게, 첫 시작과 끝을 잘 견뎌 온 사람에게 카스텔라를 선물하고 싶다. 우유 한 잔을 옆에 두고 살짝 담갔다 먹어 보라고. 가끔은 일부러 우유에 빠뜨릴 줄 아는 사람이 되라고. 카스텔라를 가장 맛있게 먹는 방법을 알고 있단 사실에 기뻐할 줄 아는 사람이 되라고.

초보적 스케치

생크림케이크

크리스마스, 또는 연말 주간이 되면 늘 베이킹 계획을 세운다. 새해를 마중하기 전 연말을 잘 맞이하는, 중요한 일을 베이킹이라는 행위를 통해 좀 더 구체화하고 다듬고 싶기 때문이다. 구체적으로 어떤 품목을 만들 것인지에 앞서 노트에 이것저것 스케치를 하며 여러 품목을 그려본다. 색과 재료의 조합, 보기에도 예쁘고 맛도 좋고 무엇보다 화룡점정이 될 데코레이션에 시선이 가야 했다. 분홍색 스프링클을 쿠키 위에 뿌리거나 화이트초콜릿을 케이크 위에 흘려 눈 내린 풍경을 연출하기도 하고, 초콜릿 칩 듬뿍 넣은 머핀 위에 초록색 크림을 올려 크리스마스트리를 표현하기도 했다. 각양각색의 디저트가 있지만, 크리스마스엔 무엇보다 생크림을 듬뿍 올린 바닐라 제누아즈를 사용한 과일 생크림케이크를 만든다. 겨울엔 딸기가 제철이라 주로 딸기를 많이 사용하곤 하지만 색 조합을 위해 키위나 체리 등을 함께 넣을 때도 있다. 제누아즈가 오븐 안에서 구워지는 동안 부엌에는 버터의 시간이 흐른다. 버터 향이 부엌부터 거실, 방안 곳곳까지 퍼지면 뒷정리를 잠시 멈추고 가만히 오븐을 들여다본다. 소량의 베이킹파우더가 만들어 낸 작고 대단한 부풂. 점점 봉긋한 봉우리가 되어가는 그 광경을 바라본다. 내가 보낸 한

해의 한 때가 지나간다.

초보 홈베이커인 내게 베이킹하기 더 까다로운 계절은 여름보단 겨울이다. 종일 영하권인 한파인 날에는, 실내 온도까지 낮아져 달걀이나 버터 등 실온에 꺼내 두었다 써야 하는 재료들의 온도가 쉽게 맞춰지지 않아 난감할 때가 많다. 달걀 온도가 너무 낮으면 설탕과 섞였을 때 물과 기름처럼 분리된다. 분리되면 버글거리는 현상이 생기는데 그런 일을 겪을 때마다 아직 더 조급했구나. 온도가 서로 맞을 때까지 충분히, 실온화했어야 했는데. 하며 반성하곤 한다. 망했다는 생각이 들 때쯤 가루 재료를 일부 넣는다. 뭉치질 못하고 분리되길 바빴던 반죽이 점차 하나로 융합된다. 그러고 보니 바쁘고 조급했던 오해의 일상에 가루 같은 일들이 뭐였나 하고 생각해 보면 그럴 때마다 나를 일으켰던 건 사람들이었다. 불안과 회피 속에서도 사람들 생각이 났고, 때려치우고 아무것도 하기 싫어 일상을 밀어냈던 시점에도 '1+1=2'라는 공식처럼 나와 일상이 재융합되는 이름과 얼굴들이 있었다. 그렇게 다시 내 자리로 돌아왔다.

마음이 복잡해 내 안의 무엇도 자리를 잡지 못할 때 스마트폰 지도 앱을 켜고 가고 싶은 빵집을 검색했다. 평소 생각만 하고 있었던 빵집. 언젠간 가야지 했던 빵집. 그런 목록들이 내겐 많았다. 현재 내가 있는 위치로부터 적당히 떨어진 곳을 찾았다. 걸어서 갈 수 있는, 그리고 그 걷는 정도가 꽤 오래 지속되는.

이수역에 있는 한 빵집을 찍고 망원한강공원에서부터 걸었다. 성산대교와 양화대교, 마포대교를 지나 동작대교를 넘었다. 이만 보 넘는 거리를 왔다 갔다 하는 동안 생각은 자연스럽게 정리되기도 하고, 더 부풀기도 했다. 오래 걷고 마주한 불 켜진 빵집은 내게 인내와 다음을 주었다. 밤 열 시가 다 되어가는 시간에도 어서 오세요, 하는 제빵사의 목소리. 늦은 시간에 남아 있는 빵들. 그 빵을 쟁반에 담는 사람들. 나는 그들의 내일과 다음을 생각하며 남은 빵을 몇몇 담았다.

섞이지 못하고 분리된 설탕 반죽이 어느 정도 부드럽게 서로를 안으며 자리를 찾자, 가루 재료를 다 넣고 녹인 버터를 넣는다. 아이보릿 빛 반죽 위로 기공이 뽕뽕 생긴다. 핸드믹서로 기공을 정리한다. 구름 한 점 없는 가을 하늘, 밤사이 쌓인 손대지 않은 눈, 크레마 가득한 갓 내린 에스프레소. 고요와 순수, 평안과 무결점의 반죽이 완성된다.

구워진 제누아즈가 식힘망에서 한 김 식을 동안, 아이싱에 사용할 생크림을 휘핑한다. 우유의 고소한 맛을 더하기 위해 마스카르포네 치즈크림을 일부 넣는다. 드르륵, 요란한 소리와 함께 액체 상태의 크림이 점점 고체화된다. 부피도 덩달아 함께 커진다. 식물성 생크림과 모형 케이크로 어려운 아이싱을 연습했던 때. 그때의 경험을 제누아즈에 발라 본다. 정교해지다가도 투박해진다. 체리와 딸기, 키위를 시트 위에 눕힌다. 어디서든 상큼함을 내로라하는 친구들인데 푹신한 제누아즈와 생크림 사이에 있으니 한껏 얌전한 모양새다. 과일의 세계는 영원한 일요일 같다. 좋아하는 이자카야에서 마시는 시원한 맥주, 바람의 이동과 함께하는 오후 산책, 강물 따라가는 조깅, 휴일의 드라이브, 둘만의 시간, 한바탕 늦잠과 비몽사몽 점심, 조그만 사건에도 생생히 살아있는 시간들, 소소한 일상을 마음껏 가볍게 사랑하는 시간들이다. 시트 사이로 빠져나온 과일을 스패출러로 건드려 안쪽에 다시 집어넣는다. 연말을 아이싱 없이 보내기엔 이젠 허전하다.

　　과일 생크림케이크가 완성되었다. 모양깍지로 케이크 윗면에 크림을 짜고 크리스마스 느낌이 나는 장식용 소품도 올린다.

언젠가 라디오에서 자기 객관화가 잘 되는 사람은 인정이 빠르다는 말을 들었다. 아는 것과 모르는 것에서 시작된 피드백과 수용. 베이킹만큼 자기 객관화가 잘 되는 것도 없다고 생각한다. 실수와 실패 그리고 성공한 원인을 꼼꼼히 노트에 적었다. 성공해도 자만하지 않고, 실수해도 낙담하지 않았다. 무엇보다 이유를 알고 있다는 게 중요했다. 그리고 레시피 수정의 반복.

물론 인생은 베이킹처럼 계량되지 않는 것들도 있고 이유를 찾기 힘든 순간도 더러 있다. 도저히 해결점을 찾지 못하겠는 순간도 있다. 그럴 땐 그냥 재료를 몽땅 넣고 섞는다. 섞고 또 계속 휘젓다 보면 점점 더 액체화되거나 어느 순간 뭉쳐지거나 둘 중 하나. 어느 쪽이 됐든 상관없단 마음으로, 결말까지 도달하는 과정만이라도 마음 편하기를 소망하면서.

크리스마스는 온다. 해가 지날수록 내 아이싱 실력은 조금씩 나아지는 것 같다. 깔끔하고 군더더기 없는 일이어야 할수록 더 투박하고 엉성하게 만들고 싶다.

여름화 되어가기

휘낭시에

평일 마무리엔 꼭 휘낭시에를 사 먹었다. 가장자리가 그을린 직사각형의 휘낭시에들이 타일 벽처럼 나란히 각 지어 놓여 있는 모습. 한 주 또 수고했으니까 하고 허밍을 내뿜으며 흐뭇하게 3~4개씩 골랐다. 버터 맛이 풍부한 플레인 휘낭시에를 시작으로 토핑이 점점 다양해지는 휘낭시에까지. 월요일부터 금요일까지의 시간과 고뇌과 수고가 콕콕 박혀 있다.

반복되는 일과에 따분해질 즈음 금요일마다 나에게 알림장을 던졌다. 평일을 열심히 살았으니 금요일엔 좋아하는 일을 하자며 나를 의도적으로 행복에 밀어붙였다. 어느 날엔 영화를 보았고 어느 날엔 과자와 와인을 먹으며 미뤄 두었던 예능 프로그램을 보았고 때때론 평소 잘 가지 않는 세련되고 우아한 카페에서 디저트 칼질을 했다. 그렇게 어떤 식으로든 금요일을 달랬다. 금요일 밤을 잘 보내고 자면 왠지 다음 날 아침이 개운했다.

휘낭시에를 사서 집으로 돌아오는 길. 3개를 살까 4개 살까 고민하다가 5개를 사 버렸다. 내일 아침에 하나 먹고 점심에 2개, 나머지는 냉동해 두었다가 먹어야지. 5개를 사니 무료로 상자 포장을 해준다고 한다. 선물용은 아닌지라 조금 고민하다가, 포장해달라고 했다. 점원은 각기 다른 맛의 휘낭시에를 상자 안에 차곡차곡 일렬로 나란히 눕혔다. 문득 새로운 기분이 들었다.

카페에서 집으로 돌아오는 길은 여럿 있다. A길로 가면 약국과 편의점이 있고 B길은 커피숍과 꽃집이 있다. C길은 코인 세탁소와 네일숍이 있고, D길은 제법 큰 마트와 맥줏집이 있다. 어느 길이든 내겐 너무 익숙한 곳이라 한번은 괜히 더 새로워지려고 낯설어지려고 이리저리 길을 잃어보곤 했다. 그러나 오늘은 5개의 휘낭시에가 있으니, 똑같은 퇴근길이어도 왠지 새롭다. 오늘은 코인 세탁소가 있는, C길로 가 본다. 이 길을 수도 없이 왔다 갔다 했다. 이 길을 걸으며 새벽녘에 잠이 오지 않는 날 상상했고, 그런 내가 세탁소 한편에 마련된 의자에 앉아 책을 읽거나 글을 쓰는 상상을 하곤 했다. 또는 비가 세차게 내려 창에 빗물이 버릇없이 마구 달려드는 장면이나 크기가 제법 큰 함박눈이 옹골옹골 내리는 밤 풍경을 가만히 바라보는 상상 같은 것을 하며 지나쳐 왔다.

집으로 가려다 말고 코인 세탁소 안으로 들어갔다. 세탁물도 빨랫감도 없이 휘낭시에를 들고. 가방에 책 한 권 있으려나? 일기장이라도…… 하며 뒤적였지만 화장품 파우치와 보조배터리, 스마트폰과 에어팟이 전부였다. 세탁소 안 의자에 앉아 밖을 내다보았다. 사람들이 드문드문하다. 돌아가는 세탁기는 없고 실내는 조용하다. 내부에선 섬유유연제 향이 은은하게 난다. 생각보다 더 조용하고 아늑했다.

집으로 돌아와 포장해 온 휘낭시에 상자를 열고 아무것도 걸치지 않은 단정한 기본 휘낭시에를 집었다. 태운 버터 향이 단단히 뭉쳐 코끝을 스쳤다. 와그작. 겉은 바삭하고 속은 촉촉했다. 힘찬 단맛과 고소함으로 자연스레 사고의 회로가 느려진다. 권태로울 수 있었던 시간 안에서 다른 방향을 가질 용기를 주었던 휘낭시에. 오던 길을 바로 가지 않고 옆으로 꺾을 일들이 없었지 않나? 늘 수수하게 무난했던 일상. 돌아갈 집에 감사하면서도 외롭고 지겨웠던. 그럴 때 나는 무얼 했나. 빵집과 마트, 멀리는 공항을 전전했었다. 빵집에서 빵 고르는 사람들을 관찰하면서, 쟁반 위에 쌓여 가는 빵의 건축을 눈여겨보면서, 고민하는 표정을 보면서 누군가의 충만한 오늘에 내 권태를 끼워 넣곤 했었다.

일상과 사람에 대한 권태감이 찾아올 때면 무작정 걸었다. 권태를 이길 수 있는 유일한 무기는 새로움이었으므로, 걷고 걸으며 쪼그라든 감정에 신선함을 계속 불어 넣었다. 낯선 번호의 버스를 타고 새로운 동네에 내려 무작정 걷거나, 등산하거나, 고속버스를 타고 새로운 도시를 걷거나 혹은 천변을 따라 쭉 걸었다. 천변을 따라 걸으며 각종 대교를 넘나든 후 이만하면 됐다, 돌아가자 하고 마음이 설 때면 꼭 빵집에 들러 빵을 사고 싶었다. 왠지…… 빵이 날 기다리는 것 같았다. 꼭 사지 않아도 그 얼굴을 봐야 안심이 되었다. 그런가 하면 여름에는 분주해졌다. 조금만 걸어도 등줄기를 타고 흐르는 땀. 여름이면 잠시 한국을 떠난다. 어디 멀리 떠나는 것 같겠지만 대개는 주로 일본에 간다. 습도와 불볕더위를 온몸에 문신처럼 새기려고 비행기를 타고 떠난다. 권태는 폭염과 폭우, 폭설 속에서 사라진다. 햇무리가 쨍하게 생기는 40도가 넘는 불볕더위의 날씨에도 두 발 움직이기를 멈추지 않는다. 평소 물을 잘 마시지 않는 내가 5분마다 물병 뚜껑을 열고 목을 축인다. 폭염의 도시는 말이 없다. 드문드문한 사람들 속에서 찐득하게 걷는다. 스마트폰을 켠 손바닥이 점점 뜨거워지고 축축해진다. 더는 무리야 하는 생각이 들 때쯤 근처 편의점 문을 열고 들어간다. 냉동 칸에서 얼음컵 하나를 꺼내 그 안에 커피를 담는다. 편의점 한편에 마련된 의자에 앉아 잠시 더위를 식히며 밖을 바라본다. 유리창을 사이에 두고 한쪽은 에어컨 바람이 불어 시원하고 한쪽은 폭염의 열기가 지속되고 있다.

가을, 겨울이 되면 그 열감과 냉감의 반복이었던 순간이 자주 떠오른다. 온통 열 뿐이었던 순간도, 열 뿐이었던 순간에 찾았던 아이스크림과 아이스커피 같은 것들도. 더워 죽을 것 같을 때 내가 무슨 생각을 하며 걸었는지도. 그 더위를 생각하고 있노라면 그 순간을 지나온 일들이 점점 '여름화' 되어간다. 좋았던 순간들은 시간이 지남에 따라 점점 희미해지기 마련인데 이런 여름의 흔적들로 어제의 일을 내일로 가져올 수 있게 됐다.

갈레트브르통적 사랑

갈레트브르통

갈레트브르통을 생각하면 떠오르는 것이 몇 있다.

우체통

관광지의 낮잠 자는 고양이

오색찬란한 가을 풍경

대사 없이 늘어지는 장면들

헌책방 의자에 걸쳐진 햇빛

잔잔한 크리스마스 캐럴

장면에서 기억으로 넘어가는, 그런 일들

Merry Christmas to you

오르골에서 누군갈 떠올린다거나

정성스러운 손 편지를 만지작거린다거나……

그런 일들.

그런 것들은 내게 갈레트브르통적인 사랑을 알려주었다.

가장 버터적인 눅진한 위로

고달프고 애틋한.

갈레트는 동그랗고 평평하게 구운 바삭한 케이크를 뜻

하고, 브르통은 프랑스 브르타뉴 지방에서 유래해 붙여진

이름이다. 이 디저트를 만들 땐 일반적으로 달걀물을 바

르고 포크로 무늬를 내는 작업이 필요하다. 개인적으론 구움과자 중 가장 짙고 고혹적인 버터 향을 가진 과자라고 생각한다. 인터넷에 갈레트브르통을 검색해 보니 '풍미 끝판왕'이라는 수식이 붙기도 한다. 버터 품질이 이 디저트의 맛을 좌우하기 때문에 좋은 버터를 쓸수록 맛이 좋아진다.

언젠가부터 생일날 소원으로 무엇을 빌지 생각하곤 했다. 생일을 축하하는 자리니까, 축하해 준 사람들에 대한 감사의 표식 같은 거라고 생각하면 되려나. 관계는 보통 일상의 크고 작은 사건으로부터 절연되거나 다시 생각하게 되지만, 비일상적인 일로부터 관계를 돌아보게끔 하는 일도 몇 있다. 나에겐 그것이 생일과 여행이다. 11월 생인 나는, 한 해가 거의 마무리되어 갈 무렵 늘 축하를 받는다. 그렇기에 그해 내 주변 사람들에게 받은 축하로 내 인연을 되돌아본다. 어느 해는 유독 여러 언어로 된 축하를 받았다. 그해 나는 일본어와 영어 실력을 늘리기 위해 전 세계인들과 대화할 수 있는 펜팔 사이트에 가입했고, 거기에 등록된 내 정보로 인해 연락하고 지내는 일본인, 이탈리아인, 영국인 친구들로부터 생일 축하 메시지를 받았다. Many happy birthday wishes from Italy! 한 친구는, 딱딱한 번역 말투로 오늘이 생일인가요? 하고 먼저 물어봐 주었다. 단순히 생일 축하한단 인사가 아닌, 한 번 더 생일을 물어봐 주어서 꺼질만했던 나의 오늘을 다시 밝힐 수 있었다. 아, 오늘이 내 생일이었지 하고.

어느 해엔 혼자 영주에 갔다. 전날까지 일을 하느라 자정이 넘어 잠들었고 영주에 가려면 적어도 새벽 다섯 시에는 일어나야 했다. 갈까, 어쩔까 하다가 알람을 설정하지 않은 채로 그대로 스르르 잠에 들었다. 그러다 새벽녘에 깼다. 원인은 모기. 제법 서늘한 가을이었고 그간 모기한 마리 없었던 방이었는데 잡으려고 몸을 일으켜 불을 켜니 새벽 다섯 시. 모기를 잽싸게 잡고 엉겁결에 세수와 머리까지 감았다. 떠나라는 모기의 계시(?)를 받고 짐을 간단히 챙겨 고속버스터미널로 향하는 지하철 안에서 왕복 버스표를 예매했다. 졸고 깨기를 반복하며 버스터미널에 도착한 후 버스에 올라 또 한바탕 잤다.

영주는 조용하고 깨끗하고 맑았다. 파란 하늘을 보자마자 전화를 제외한 모든 스마트폰 알람을 끄고 오로지 나에게만 집중하는 생일을 보내기로 했다. 가고 싶었던 빵집엘 가고 그 근처 서점과 절까지 다녀왔다. 단풍과 낙엽,

은행잎의 축복 속에서 조금은 외롭게 그러나 풍만하게 생일을 보냈다.

주변의 좋은 사람들에게 감사해하며, 그 감사로 더 좋은 사람이 될 수 있는 힘을 주시길 부탁드립니다.

종교는 없지만 부석사를 오르면서 진심을 담아 빌었다. 주변 환경과 사람이 바뀌면 나도 바뀐다. 당연하고 진부한 사실을 기도로 가지면서 감사에 감사를 더하며 곱씹길 반복했다.

축하받지 못한 생일도 있었다. 대학생 때였는데, 하필 그날 과에서 혼자 캠프를 떠나야만 했고 홀로 넓은 방에서 모르는 사람들과 잠을 자야 했다. 서럽고 외로워서 스마트폰 메모장에 생일 축하한단 말을 적었던 기억이 있다. 그런가 하면 또 다른 해엔 동아리 선후배들과 친구들에게 몰래카메라 못지않은 깜짝 생일 축하를 받기도 했고, 함께 책 작업한 작가님들로부터 축하를 받기도, 단둘이 파티를 벌였던 적도 있었다. 서울로 다시 향할 버스를 기다리는 동안 터미널 의자에 앉아 빵을 먹으며 생일의 기억을 통조림처럼 따 보았다.

갈레트브르통은 파사삭, 잘 부서진다. 필연적으로 부

스러기가 생긴다. 묵직하게 꾸덕꾸덕할 것 같은 인상과는 반대다. 고소하고 노릇하게 구워지길 바라는 마음에 달걀물을 표면에 바르고, 포크로 살짝 그어 무늬를 낸다. 무늬를 내는 것은 자유지만 어쩐지 무늬의 자리를 생각할 수밖에 없게 된다. 하늘에 새겨진 비행운처럼, 반죽에 세 줄짜리 포크 무늬가 생긴다. 좋은 버터로 만든 디저트. 좋은 순간이 모은 사람들과 그들이 만든 둘레. 해처럼, 보름달처럼 그 둘레를 뭉근하게 걷는다.

사야겠다는 결심

르뱅쿠키

르뱅쿠키는 미국 뉴욕의 르뱅베이커리에서 판매하는 쿠키다. 일반 쿠키보다 쿠키의 두께가 두껍고 묵직하며, 초콜릿이나 견과류, 건과일 또는 비스킷 등의 토핑을 아낌없이 넣어 만드는, 아메리칸 스타일의 초코칩 쿠키다. 뚱뚱하고 큼직한 게 매력인 르뱅쿠키. 묵직한 바위 같은 외관만큼이나 달기도 참 달다. 디저트에서조차 제로와 비건이 대세인 요즘, 르뱅쿠키는 다소 과하다고 여겨질 수도 있겠다.

르뱅쿠키의 과함이 좋다. 부족하지 않아서 좋다. 재료가 있는 그대로 적나라하게 펼쳐지는, 도화지 위 한 폭의 그림처럼 그 속내를 감출 듯 말 듯 하는 게 좋다. 진흙 위에 남은 발자국처럼 구멍이 움푹 파인 모습도 좋다. 그리고 무엇보다, 달아서 좋다. 식감은 바삭하기보단 쫀득하고 촉촉하다. 살짝 덜 익은 건가 싶을 때 오븐에서 꺼내야 식을수록 쫀득한 식감이 된다.

르뱅쿠키를 내 돈 주고 사 먹은 기억보다 타인으로부터 건네받은 기억이 더 많다. 너무 달아서 못 먹겠더라. 하나 이상은 도저히 어려워. 같은 말과 함께 건네받은 쿠키는 예상만큼 달고 맛있었다. 입이 물리면 쓰디쓴 커피의 도

움을 받으면 되었고, 여러 가지 맛의 르뱅쿠키를 볼에 한
데 모은 후 우유를 넣고 시리얼처럼 먹으면 색다르고 맛
있었다. 무엇보다 유독 좋았던 건 직접 만들 때의 시간이
었다. 쿠키 반죽이 오븐 속에서 양옆으로 잠깐 퍼지다가,
어느 순간 퍼지길 멈추고 위로 약간 솟아오르는 그 과정
이 재밌고 애틋했다. 한번은 설탕을 넣고 오랜 시간 크림
화해서, 쿠키가 한없이 사방으로 퍼져버려 부침개가 되는
안타까운 사건도 있었지만 쿠키 반죽을 굽는 시간만큼은
잠시 자리로 돌아왔다. 하던 일과 생각을 멈추고 뒤돌아
보는 여유를 가질 수 있었다. 오직 오븐 안의 일에만 집중
하면서 쿠키가 잘 구워져 나오기를 바랐다. 아직 오븐 안
이니까 괜찮지 하면서. 기도와 걱정이 함께 이뤄지는 베
이킹. 결말을 모르기에 피어나는 복합적인 두 감정. 삶에
서 그런 일은 여럿 있지만 설익은 반죽의 쿠키를 앞에 두
고 그런 감정을 담으려 하니 어설픈 실수도 절로 용서가
되었다. 울퉁불퉁 비포장도로 같은 험난하고 굴곡진 외관
도, 속 재료가 부주의하게 엉켜있는 모습도, 유난히 한쪽
면만 그을린 모습도 모두 르뱅쿠키였으므로.

  좋아하는 아이돌의 팝업 행사에 방문했던 적이 있다.

컴백을 기념해 한강 세빛섬에서 진행된 행사로, 그간의 플레이리스트와 사진, 포토부스 및 사인 등이 전시되었다. 많은 팬들이 방문했고 나는 친동생 2명과 함께 그곳엘 갔다. 가수 이름이 적힌 풍선을 받아 들고 행사 이곳저곳을 구경하는데 유독 한 부스가 눈에 띄었다. 오늘의 기분을 사전에 먼저 조사받고 그에 따라 아티스트의 노래가 랜덤으로 추첨이 되는, 그런 부스였다. 영수증 리스트처럼 노래 제목이 새겨졌다. 무엇이든 영수증이 되는 그 세밀함이 기뻤다. 좋다고 생각한 노래의 제목이 프린팅되어 있는 걸 보니 제목을 소리내어 천천히 읽게 되었다. 종이 영수증은 잠재적 쓰레기일 지도 모르지. 누군가는 그렇게 생각할 것이다. 그러나 나는 때때로 종이를 모으는 사람. 롤링페이퍼와 극장표, 마트 영수증과 주문표를 모으는 사람. 종이가 주는 만족이 있다. 냉장휴지를 거쳐야 하는 쿠키 반죽처럼, 종이는 빠르게 자동화되는 일상에 휴지를 선물한다.

한번은, 지금 일하고 있는 출판사에서 있었던 일이다. 신간 출간 기념으로 작가님이 서명본 작업을 하기 위해 사무실을 방문하셨다. 담당 편집자는 아니었던지라 조용히 1층에서 할 일 하고 있는데, 건네받은 책 가장 앞면에 내 이름 세 글자와 함께 드라이플라워가 조용히 붙어 있었다. 아웅다웅 차분한 모습으로. 이후 일하다가 한 번, 퇴근 전에 한 번, 가장 앞표지에 적힌 서명과 꽃을 번갈아 보곤 했다. 열어젖히면서 나는 무언가를 확인하면서 다듬었다. 그리곤 어떠한 확신이 섰다. 알 듯 말 듯한. 또 알게 모르게 예뻐졌다. 감정과 언어들이. 오븐 속 쿠키를 슬쩍 자주 확인하게 되는 것처럼. 오븐에서 막 구워져 나온 쿠키를 괜히 건드리고 싶어지는 것처럼.

르뱅쿠키의 강한 매력 포인트는 단맛에 있지만, 오롯이 단맛을 느끼고 싶어서 르뱅쿠키를 찾는 이는 몇 없을 것이다. 쿠키를 먹어야겠다는 결심보다 쿠키를 사야겠다는 결심이 먼저일 것이다. 르뱅쿠키는 늘 행복한 표정이다. 큼직하고 화려한 만큼 테이블에 단독으로 두어도 개성 있다. 르뱅쿠키를 손에 든 사람들 역시 대부분 행복해 보인다. 여기 쿠키가 그렇게 맛있대. 쿠키는 단독으로 포장되고 상자째로 옹기종기 담긴다. 말차르뱅쿠키, 아몬드르뱅쿠키, 화이트초콜릿르뱅쿠키. 모두 운반되고 있다. 부서질 수도 있겠다 하는 마음으로. 저마다 어디로 움직이고 있는 걸까. 쿠키 박스를 든 확신. 부스러기 하나 남기지 않고 평온히 사라지는 그 꾸덕꾸덕한 속이 궁금해진다.

번외 에피소드

버스를 타고 카페로 향하던 중, 갑작스런 창밖 시골 풍경에 급한 탄성을 내뱉었다. 창문을 열고 바람을 맞으며 풍경을 감상하는데 어디선가 비료 향이 솔솔 풍겼다. 이내 보이던 소들. 그리고 목장 옆으로 이어진 비료 무덤. 일정한 간격을 두고 비료가 동그랗게 모인 형태가 마치 초콜릿 르뱅쿠키 같았다. 크랙이 일정하고 고르게 있는, 예쁘게 부푼 그 비료 형상은 묘하게 르뱅쿠키를 연상시켰다. 그날 이후 초콜릿 르뱅쿠키에는 왠지 손이 잘 안 가게 되는데…….

은밀한 성

쿠키슈

카페나 숙소, 어느 한 장소에 갔을 때 방명록이 놓여 있으면 왠지 기분이 좋다. 다녀간 누군가가 궁금해진다. 방명록은 비밀스럽지 않고 개방적이라 좋다. 그런데 또 익명이니, 다시 비밀스러워진다. 그 모순과 이중성에서 오는 솔직함이 좋다. 그래서인지 방명록에는 고해성사하듯 솔직하고 진실한 것만 적고 싶고, 다른 이들이 어떤 말을 남겼을까 궁금해하며 더 잘 쓰고 싶어지기도 한다.

탁한 숨과 감정이 다림질되면서 하루가 잘 마무리되는, 방명록의 선함에 기대게 된다. 호텔을 체크아웃하기 전, 나는 되도록 메모지에 짧은 인사말을 남기는 편이다. 번역기를 돌려 그 나라의 말을 한 자, 한 자 굳게 적어 가면서 체크아웃에 대한 미련을 남김없이 턴다. 또는 카페를 방문했을 때, 오늘이 처음인데도 이미 몇 번 다녀간 것처럼 이곳이 편하게 느껴지곤 할 때면 굳이 펜을 들어 쪽지를 남긴다. 메모지가 아닌 정사각 모양의 휴지에 부담스럽지 않을 만큼의 단어와 행으로 마음을 전한다. 시간과 공간에 촛불을 켜는 것 같고, 선발자의 흔적을 따라가 볼 수 있단 점에서 그들이 담근 시간의 색을 살펴보게 된다. 바래졌을까, 더 가까워졌을까 하고.

좋은 시간을 보냈어요.

공간이 참 예뻐요.

커피와 음식 모두 훌륭해요.

이런 말들이 예쁜 그림이나 자수가 새겨진 메모지에 담기지 않고, 명함 뒷면이나 영수증 뒤편 또는 급히 찢은 비틀비틀 종이에 적혀 있는 게 좋다. 가볍지 않은 말과 마음들이 가벼운 것에 담겨있는 게 좋다.

커스터드 크림을 듬뿍 넣은 슈에 바삭한 쿠키를 덮어 만든 쿠키슈. 일반 슈와 달리 쿠키슈의 겉면은 사블레 쿠키처럼 바스락거린다. 고소하고 달콤하다.

카페에서 쿠키슈를 먹었다. 칼로 반을 가르자 바닐라빈이 콕콕 박힌 커스터드 크림이 와락 쏟아진다. 무심코 집어 든 방명록, 그 안의 여러 이야기가 쏟아지는 것처럼 슈의 속 얘기가 흩어진다. 와락과 와르르의 감정이 생긴다. 그런 야단스러운 부사 뒤엔 할말이 늘 정해져 있는 것 같다. 와락 달려들었다. 쏟아졌다. 무너져 내렸다. 허물어졌다. 안겼다. 녹아내렸다. 미끄러졌다⋯⋯ 대체로 형태 없이 떠도는 액체적 장면이 딸려 온다. 쿠키슈를 한입 물면 크림이 훅 하고 들어선다. 그때의 성가심, 당황, 불편 또는 설렘. 엉망진창을 향해 나아가는 감각들이 슈라는 디저트를 더 원하게 만든다. 그런 악동적인 매력에 우리는 쉽게 나약해지기도 한다. 결국 또 이렇게 되어버렸구나. 어쩔 수가 없구나. 하나만 먹으려 했는데 다섯 개를 먹었구나…….

슈를 차갑게 얼려 먹으면 얘기는 달라진다. 부드러웠던 크림이 아이스크림처럼 사그락거리고 단단해진다. 물론 시간이 지나면 다시 부드러워지겠지만, 어쨌든 얼린 직후는 아이스크림 같아서 차갑고 맛있다. 슈가 아이스크림으로 향하는, 마치 시가 산문이 되는 것 같은 그 돌봄의 시간 동안 슈는 더욱 슈다워진다. 차가울 때 먹어줘. 슈는 계속 흐뭇해한다.

우리에게 익숙한, 크림이 들어찬 슈의 정식 명칭은 choux à la crème, 슈크림이라 불리는 단어다. choux는 불어로 양배추. 동그랗게 구워진 형태가 양배추를 닮아 붙은 이름이다. 간단히 말해 슈는 말 그대로 크림이 없는, 빈 껍데기인 셈이다.

빈 껍데기 슈도 좋다.

슈 안이 비어있어도 좋고 꽉 들어차 있어도 좋다.

그러나 반쯤 차 있는 크림은 왠지 참을 수 없다. 크림이 반만 차 있으면 크림의 맛과 빈껍데기의 자리가 함께 다가와 크나큰 불편을 만든다. 정체성을 갖지 못한 슈. 산문이 되지 못한 초고의 문장들 같다.

언젠가 한 프랜차이즈 카페에서 슈가 올라간 조각 케이크를 시켰다. 알맞은 그을림으로 먹음직스러운 슈 속에 당연히 크림이 있겠지 하며 먹었는데 텅 비어있었다. 속은 것 같아 당황했는데 오히려 들어차지 않은 모양이라 좋았다. 들어선 자리가 아닌 들어설 자리에 대한 생각으로 천천히 먹었다.

밀가루로 만든 거품. 어떤 곳에선 슈를 그렇게 부른다. 팽창제 없이 부풀리기 때문에 수분도 많고 시간이 지날수록 급속도로 눅눅해진다고. 슈는, 거품으로 와서 거품으로 사라진다.

기억에 남는 방명록이 있다. 24시 빨래방에 있던 방명록. 노트를 열어젖히니 거품을 형상화 한 방울 그림이 군데군데 보인다. 얼른 마르자! 얼른 가보자! 재치 있는 말도 몇몇 있다. 나는 근처 카페에서 한두 시간 집중해 글을 왕창 쏟고 나면 종종 이곳을 찾았다. 기진맥진한 상태로. 거리를 마른풀처럼 유영하다 빨래방 문을 열고 의자에 털

썩 앉았다. 그리고 한동안 가만히 세탁기 돌아가는 것만
을 바라보았다.

하루가 거품처럼 사라지면서 어찌저찌 마무리가 되네요.

세제 향 맡으며 방명록을 꼭 쓰고 나왔다.

휴지와 예열

마들렌

정신없이 우당탕 어찌저찌 반죽을 완성했는데 예열되어 있지 않은 오븐에 망연자실했다. 그러다가 아 맞다, 냉장휴지 해야 하지! 하며 다시 실소를 터뜨렸다. 마들렌 반죽은 굽기 전 냉장휴지가 필요했던 것이다. 휴지하는 일. 그건 일상이 가쁘기만 했던 나에게도 해당되는 말이었다.

원볼베이킹(볼 하나에 재료를 다 넣고 섞기만 하면 완성되는 반죽)으로 잘 알려진 마들렌. 그만큼 만들기 쉬워서 초보 베이커들이 많이 시도하는 품목이다. 만들기 쉬워서 그런 걸까, 쉽다는 생각 때문일까. 생각만큼 결과물에 적잖이 실망하고 당황한 적이 있다. 마들렌의 중앙, 흔히 배꼽이라 불리는 이 부분이 봉긋하게 잘 부풀지 않고, 겉면의 조개 무늬가 선명하지 않거나 그 속이 푸석푸석 또는 떡진 것 같은 식감일 때가 그렇다.

마들렌의 생명인 배꼽은 충분한 냉장휴지를 통해 이뤄져요. 휴지는 최소 30분 이상 하는 것이 좋고, 완성된 반죽은 최대 이틀간 냉장보관 가능합니다.

한 파티시에의 팁을 생각했다. 30분과 이틀 사이의 간격. 그 사이에서 나는 얼마큼의 휴지가 마들렌에게 혹은 나에게 적당한지를 생각했다. 한 시간만 할까? 아니면 하루?

냉장휴지가 종료될 시점에 오븐 예열을 해야 했다. 대충 반죽을 굽기 15분 전에 하면 됐는데, 가정용 오븐의 경우 실제 레시피에 적힌 굽기 온도보다 10~20도 정도 높여 예열해야 했다. 오븐 문을 여는 순간 온도가 급격히 하락할 것을 생각하여. 휴지와 예열. 서로 동고동락하는 이 관계가 나는 참 멋스럽다고 여겼다.

마들렌의 구움색과 배꼽. 통통하고 왕성한 혈기 있는 모습. 베네치아 항구에 묶인 한 척의 예쁜 배 같기도 한 마들렌. 이름부터 사랑스럽다. 마들렌 이름의 유래는 다양하지만 그중에서도 'madeleine'이라는 이름을 가진 소녀의 일화를 좋아한다. 마들렌을 먹을 때마다 소녀가 퍼 올린 반죽과 뒤섞인 시간들을 떠올리게 되는데……

마들렌은 구운 직후 틀에서 재빨리 뺀 후 옆으로 눕혀 식혀주세요. 계속 틀 안에 있으면 배꼽이 쪼그라들면서 모양이 예뻐지지 않아요.

배꼽, 배꼽. 그놈의 배꼽에 집착하게 되면서 풍만감 있는 배꼽을 향한 여러 시도를 했다. 배꼽은 원래 들어가 있는 거 아닌가. 그러던 중에 어느 동네 빵집에서 조개 모양이 아닌 동그랗고 밋밋한 모양의 마들렌을 발견했다. 동그란 치즈케이크 같기도 하고. 머핀 같기도 카스텔라 같기도 한 마들렌. 예쁜 조개 무늬도 없고 배꼽도 없는 마들렌 같지 않은 마들렌. 그것을 처음 발견한 이후 한동안 줄곧 그 마들렌만 사 먹었다. 마들렌 같지 않은 게 무척 마음에 들었다. 이게 뭐게? 마들렌이야. 하는 질문과 답이 오가는 상상까지, 동그란 그 둘레가 몹시 달콤하고 즐거웠다.

나답지 않은 일을 했던 적이 있던가. 그리고 그 일을 마음에 들어 했던 적이 있던가. 대개 마음에 든 적은 없었던 것 같다. 하지만 그것들은 어쩌면 나다울 수도 있는 일들이었다. 내 모습과 내가 가진 단어, 억양 등이 사람과 상황에 따라 바뀔 수도 있다는 걸 깨닫는 데는 꽤 오랜 시간이 걸렸다. 어떤 친구 앞에서는 웃기만 하면서 싫은 소리를 잘 못했지만, 어떤 친구에겐 '순수한 팩폭'을 날리며 궂은 잔소리까지 했다. 어떤 무리들과는 비속어와 농담을 서슴지 않았고 어떤 집단에선 철학적이고 이성적인 얘기만을 나누었다. 나의 이런 다중성이 싫고 혼란스러워서 나는 대체 무엇인가. 뭐가 내 진짜인가 싶어 심란했었는데 다양한 내 모습도 나의 일부, 사람과 환경에 따라 잘 대처하는 나의 멋진 장점이라 생각이 들었다. 나는 어디서든 유연한 사람이라고. 조개 무늬든 평면이든.

마들렌을 1개만 샀던 적이 있었나? 보통 마들렌을 1개만 먹기란 불가능했다. 제과점을 가면 무의식적으로 여러 개를 고르게 되었고, 가나슈가 뒤덮인 것이나 하얀 글레이즈 면사포가 씌워진. 또는 각종 토핑이 잔뜩 올라간 먹음직스러운 것들이 필연적으로 다가왔다.

마들렌을 보통 조개 모양 틀에 굽잖아요. 그런데 가끔 보면 치즈케이크처럼 둥근 마들렌도 있더라고요. 그런 거 보면 마들렌을 꼭 조개 모양으로 굽지 않아도 되는 걸까요?

요즘은 조개 모양 틀 없이도, 배꼽 없이도 마들렌의 공정과 배합만으로 마들렌이 되기도 해요. 밀가루, 녹인 버터, 달걀, 설탕이 기본으로 들어간 제품을 마들렌이라고 할 수 있죠. 냉장휴지도 배꼽의 필수 조건은 아니에요. 휴지 없이 바로 굽는 마들렌도 많거든요. 냉장고에서 차가워진 반죽은 오븐 안에서 천천히 부풀면서, 단지 조금 더 균일한 배꼽이 생겨요. 휴지 하지 않은 반죽은 약간 불규칙하게 구워질 뿐이에요.

파티시에 선생님의 말을 듣고, 마들렌 틀에 크게 연연해하지 않기로 했다.

그럼에도 어떤 팽창은 관심의 표현이 될 때도 있다. '달이 참 예쁘네요'라는 말이 '당신을 사랑합니다'라는 뜻일 수 있음을 알았을 때, 나는 먼 훗날의 소중한 사랑을 위해 마들렌을 굽고, 오븐 안에서 그의 심장이 부푸는 것을 바라보며 가장 뚱뚱한 마들렌을 골라 선물할 것이다.

마들렌을 보면 어쩐지 쓰다듬고 싶어진다.

과하게 부푼 것도 그러지 못한 것도

괜찮다고.

일인분의, 마들렌의 또랑한 삶.

여섯 구짜리 마들렌 상자를 손에 쥐고

곧장 마중 나가고 싶은 마음으로

오는 이를 잘 맞이해야지.

그리고 내가 좋아하는 것

바닐라 아이스크림

마지막 디저트만을 남겨두고, 오늘 강남 신세계백화점 스위트파크에 다녀왔다. 이 글을 쓰기 위해선 아니고 유효기간이 곧 만료될 상품권을 사용하기 위함이었다. 연말이 다가오니 한 달 전부터 오색찬란한 크리스마스 장식이 백화점 곳곳에도 깔렸다. 빵과 과자가 진열된 진열대에도 빨강, 초록, 노랑 할 것 없이 올망졸망한 방울과 리스가 달렸다. 크리스마스 카드, 향수, 캔들, 양말, 키링 등 다양한 소품들 주위로 북적북적 생동감 있는 불규칙한 둘레가 생겼다. 백화점 상품권마저 디저트에 쓰는 나. 가족들 줄 빵을 몇몇 담고 지인에게 선물할 마들렌도 사고 맛이 궁금했던 갈레트도 사 먹고. 유명하다던 소금빵도 줄 서서 담았다. 그래도 돈이 남아서 빵을 몇 개 더 샀다. 무거운 팔과 어깨를 끌고 만원 지하철을 탔다. 봉투에 들린 평온한 빵이 심술 날 만큼 힘들고 덥고 쉽게 지치는 11월 말이었다.

　본가인 일산으로 넘어와 역에서 내려 곧장 카페로 향했다. 아이스 아메리카노를 주문하고 창이 내다보이는 구석 자리에 가 앉았다. 이 책의 초고 대부분이 이곳에서 쓰였지. 이 자리라면 기억과 감정이 너무도 많다. 두고 간 것들도, 찾으러 갈 것도 많아 이곳을 지나칠 때면 제발 없어지지 말고 오래 있어 주라. 하는 다짐을 반복하곤 했다.

여기에서, 디저트 생각을 가장 많이 했다. 비행기와 기차, 버스나 자전거를 타고 이곳저곳 떠돌면서 다양한 종류의 디저트를 사 먹었지만 결국엔 이곳으로 다시 회귀했다. 여기에 앉아서 케이크라든지 스콘이라든지 베이글 같은 걸 오물오물 차분히 먹고 있노라면 디저트를 잡고 디저트에게 잡혔던 순간들이 나란히 지나갔다. 디저트는 내게 어떤 존재이고 의미일까. 이런 질문 받을 것을 생각해 한동안 이것에 대해 생각해 보았지만, 그건 딱히 어떤 존재도 의미도 아니었다. 그저 디저트는 디저트로서 디저트답게, 원래 의미대로 식사 후에 먹는 가벼운 간식 또는 케이크, 과자, 초콜릿, 아이스크림 같은 달콤한 주전부리일 뿐. 그의 기본을 내 삶의 무엇이에요. 무엇과 같은 존재예요. 하며 각색하고 싶지 않았다. 그저 어느 순간 나는 디저트를 밥보다 더 자주 많이 먹고 있었다.

선물 받은 펜의 필기감이 좋아서 그 펜으로 일기도 쓰고 편지도 쓰고 업무용으로도 쓰고 싶었는데, 그러면 펜이 금세 닳을까 봐 한동안 끄적거리기만 했다. 그 펜을 준 사람은 조용조용한 내 필기감을 지그시 바라보고만 있었는데, 그 시선에 괜히 멋쩍어져서 아껴 쓰는 거예요. 라며 두루뭉술하게 웃었다. 뭘 아껴 써요. 그냥 막 써요. 하며 호탕하게 말하던 사람. 그제야 무언갈 확신할 수 있었다. 이 펜을 좋아하지만, 무척 아끼지만 언젠가 쓰고 싶을 때 써야지. 그런 마음으로 무엇이든 좋아하는 대상 뒤에 서기만 해 왔단 것을. 쓰고 싶어질 때 써야지 하며 마음에 기준과 기한을 뒀다. 무의식 냉동고에 차곡차곡 쌓기만 하니까 결국엔 안 쓰게 되어 버렸고 새 필기구를 들였다. 왜 마음을 채우는 것들을 아끼게 될까. 꽉 채운 상태가 닳을까 봐 무서웠던 것 같다. 솔직할 수 있었으면 닳아야 마땅한 일에도 그러려니 할 텐데.

바닐라 아이스크림이 보이면 얼떨결에 무심코 집어 든다. 그리곤 생각한다. 주말에 브라우니에 올려 먹어야지. 약과랑 같이 먹어야지. 불닭볶음면에 같이 넣어 먹어야지. 냉동고엔 늘 바닐라 아이스크림이 있다. 계절과 마음에 상관없이.

제과점은 많고 디저트 종류는 더 많다. 2시간 대기 끝에 겨우 샀지만 왠지 아까워서 다 먹지 못한 디저트도 있는 반면 길에서 후드득 봉지를 뜯어 왕왕 먹은 디저트도

있다. 디저트가 내게 어떻게 다가오는지가 아니라 내가
그를 어떻게 대하고 있는지 생각해야 했다. 디저트에 디
저트를 더해서 같이 더 맛있게 먹고 싶은 마음.

이것에 가깝겠다.

지금도 먹고 나중에도 먹고 자꾸 뭔가를 곁들여서 꼬리
에 꼬리를 이어가며 생각하게 되는. 냉동고에 무조건 꼭
있어야 하는 바닐라 아이스크림처럼. 바닐라 아이스크림
을 떠올리면 그에 어울리는 디저트가 생각나고, 디저트는
또 다른 디저트를 상상하게 한다. 그렇게 디저트가 계속
좋아진다. 디저트가 되는 상상도 하고 한 번도 먹어본 적
없는 디저트를 먹는 상상을. 함께 먹을 누군가의 얼굴, 그
가 좋아하는 디저트. 그걸 먹는 그의 모습…….

계속 또 다른 디저트를 찾으러 나서고 싶다. 생각해 보
면 이 책에 등장하는 모든 디저트에 바닐라 아이스크림의
존재가 이질적이게 느껴지는 디저트는 없을 것이다. 애플
파이와 바닐라 아이스크림, 버터바와 바닐라 아이스크림.
티라미수와 바스크 치즈케이크, 붕어빵과 퀸아망까지도.
개인의 한 취향이겠지만 변하지 않는 이런 취향이 있어서
좋다. 그게 좋아하는 것을 더 좋아하게끔 해 주어서 좋다.
변하지 않는 취향을 축으로 살아가는 하루하루라 좋다.

그 하루하루, 먼 곳에 있는 사람을 보고 싶어 하는 마음보다 매일 누군가와 웃으며 잘 지내면 좋겠다는 마음으로 오늘도 냉동고를 아무렇지 않게 연다.

에필로그

오븐을 잘 예열하기

Life Needs Frosting.

'공항으로, 시나몬 번' 편에 등장한 시나몬 번 상자에 적힌 문장이다. 번을 다 먹고 빈 상자를 재활용하기 위해 버리려던 찰나, 우연히 저 문장을 발견하곤 잠시 멍해졌다. 문장을 해석해 보기도 하고 프로스팅의 종류를 헤아리기도 하고 삶을 프로스팅하는 것들엔 뭐가 있을까 나열해 보기도 했다. 저 날 이후 문장은 마치 내 좌우명처럼 한동안 어딜 가나 맴돌면서 곱게 박혔다. 곱씹고 상상하면서 나는 계속 뒤로, 앞으로 나아갔다.

프로스팅(아이싱의 한 형태. 케이크, 쿠키 등을 장식하는 데 필요한 설탕으로 만든 혼합물) 되어야 하는 디저트가 있다. 머핀, 쿠키, 파운드, 케이크 등에 크림이 올라가고 과자가 바작하게 꽂히며, 레몬 글레이즈가 비처럼 쏟아지는, 모양깍지를 끼운 짤주머니로 생크림을 예쁘게 앉힌. 디저트가 더 디저트다워지는 일. 삶이 더 삶다워지기 위해선 그러므로 프로스팅이 필요할 것이다.

내 삶을 풍성하게 프로스팅하는 것은 디저트였다. 디저트는 지금에 집중하게 했고, 디저트 아닌 일들도 자연스레 끌어 왔다. 멋진 리본으로 상자를 포장하고 자연광 아래에서 예쁘게 사진을 찍고, 나만 아는 최고급 버터를 사용하기도 하면서 남모를 비밀스러운 프로스팅을 만들기도 했다. 그렇게 삶을 조금씩 아이싱하고, 부스러기를 만들었다. 오븐 앞을 서성이며 반죽을 살피듯 나를 살폈다. 완성될 수 있을까 하는 의심과 완성되겠지 하는 확신 속에서.

디저트를 설명하는 단어와 수식은 삶의 일정 부분과 닮아있다. 부스러기, 페어링, 아이싱, 공기포집, 냉장휴지, 크럼콧, 캐러멜라이징…… 예열되지 않은 오븐을 기다리느라 잘 완성된 반죽을 혼자 두지 말 것. 반죽을 아무리 잘 만들었다고 해도 오븐이 예열되어 있지 않으면 아무 소용없다.

제빵사는 오븐 앞을 한 시도 떨어져선 안 돼요. 반죽을 오븐에 넣었다고 끝나는 것이 아니라, 안절부절못하는 마음으로 끝까지 서성이며 그의 컨디션을 살펴야 해요. 한 파티시에의 말을 떠올린다.

그러나, 아무리 잘 된 반죽이라도 오븐 예열이 잘 되었다 하더라도 반죽이 오븐에서 구워지는 동안 우리는 늘 초조해하고 궁금해할 것이다. 오븐 문을 열고 싶어질 것이다. 초보 베이커여도 베테랑 베이커여도.

삶에 '오븐 속 반죽' 같은 일들이 있다. 앞으로도 있을 것이다. 성장했나 싶었는데 아직 초보 베이커구나 하는 습관이 어딘가 남아 있을 것이다. 그런 일들에 엎어지고 낙심하겠지만 반죽을 굽는 마음과 오늘 베이킹을 하고자 했던 그 마음만은 잊지 않아야겠다.

어찌어찌 《내가 좋아하는 것들, 디저트》에 관해 썼지만 이는 결국 내가 좋아하는 사람들에 관한 이야기다. 모두 와 함께 겪은 디저트로 더 달콤하고 단단한 사람이 되었 다.

2024년의 끝에서,
정채영

부록

디저트에 관한 메모와 일기들

스콘

반죽을 겹겹이 쌓아 만드는 스콘. 썼다 지우길 반복하는 고백 편지 같다. 사랑을 이루는 용기의 단어들이 단단하게 응축된 디저트. 피크닉을 가는 날이면 스콘을 챙긴다. 오월의 빨간 장미, 팔월의 하얀 수국 다발을 건네듯 달콤한 스콘을 건넨다. 조만간 스콘 한두 개를 챙겨 좋아하는 이와 피크닉을 떠나야겠다.

블루베리 치즈타르트

누군가의 실루엣과 옆얼굴을 바라보며 먹는 블루베리 콩포트는 오래된 일기장 맛이다.

앞으로 몇 번이고 또 바라볼 보라색 저녁 맛이다.

버터쿠키

어느 날 식탁 위 먹다 만 버터쿠키를 바라보는데

액체 재료는 나중에 넣으세요.
공기포집을 너무 많이 하면 안 돼요.
오븐에서 쿠키가 금세 퍼질 수 있거든요.

초라한 부스러기들을 검지로 눌렀다. 그러자 또 하나의 동그라미가 생기고 메말라 있던 밀가루의 과거와 미래가 떠오르고 그 속에 뛰어든 달걀의 기분을 생각하면서 꾹꾹,
부서지지 않으니 혀로 밀착하며 포개어 끊임없이 코팅했다.

체리 컵케이크

한입 베어 먹고 포크로 컵케이크의 이곳저곳을 퍼먹었다. 처음엔 힘차게 먹다가 맨 위의 체리가 흔들릴 때면 모래성 게임을 하듯 조심조심 먹었다. 허물어 사라져 가는 것을 봐야만 하는 아쉬움으로. 크림과 시트를 다 먹은 후엔 포크 등으로 떨어진 조각을 하나둘 모았다. 노을을 마음에 품은 것처럼, 밤하늘에 퍼지는 커다란 불꽃을 한없이 바라보는 것처럼 미련 없이 꾹꾹 먹었다.

초콜릿 수플레케이크

한 채의 오두막 같은 케이크를 눈에 담았다. 생초콜릿을 떠먹는 듯 하였다. 잠시 요란하고도 아름다운 밤의 이름으로 산다. 소란한 밤, 우울한 밤, 뒤척이는 밤, 지새우는 밤. 밤을 사는 이들의 이름을 빌리기도 했다. 나무의 밤, 벤치의 밤……. 밤이 가진 무수한 긍정과 부정을 겹겹이 쌓아 만든 케이크.

바나나 크림파이

오늘은 A를 유명한 파이집에 데려갔다. 단호박, 라임, 블루베리 등의 화려한 옷을 입은 파이 속에서 우리는 바나나크림파이를 택했다. 이것을 먹을 땐 포크 질을 적당히 힘주어서 한다. 자칫 잘못했

다간 이도 저도 아닌 부스러기들만 사방으로 튈 수 있으므로. 왼손으로 쓰는 글씨처럼 포크를 꽉 쥐어본다.

피넛버터 갸또

갸또를 먹을 땐 마음이 편하다. 타르트처럼 포크 질 한 번에 우수수 떨어지는 부스러기도 없고, 시폰케이크처럼 이리저리 갸우뚱거리지 않아 안절부절못하는 마음도 없다. 중력의 방향대로 위에서 아래로 단번에 하강하는, 수평하고 거짓 없는 솔직한 마음.

후르츠 산도

속마음을 어김없이 드러내는, 세상에서 가장 무해한 노출. 절반의 마음으로 풍만한 순간을 선물할 수 있는 것. 적게 품고 많이 주는 사람. 늘 그러한 사람이 되고자 했지만 내 속은 늘 절반도 풍만도 못 되었다.

버터 토스트

어떤 여름 나는 토스트를 자주 먹었다. 빵집에 들러 식빵을 사다가 토스터에 넣고 바삭바삭하게 먹고, 우연히 들른 카페에 앉아 두루뭉술하게도 먹었다. S 카페에서 먹었던 소심한 토스트. 멋 부림 없이 무던한 모습. 식빵의 속살을 심심하게 씹다가 중앙의 버터를 상쾌히 삼켰다. 옆구리에 끼고 온 살구잼을 살짝 떠먹을 때마다 볕은 테이블 위로 자꾸만 접질려졌다.

망고 타르트

후숙이 잘 되다 못해 조금 지나쳤던 망고. 물컹물컹 어질어질 비틀대던 망고. 부서진 과자 조각을 천천히 포크에 올렸다. 망고는 어지럽다. 조금만 덜 딱딱했으면 조금만 덜 물렀으면 하는 마음으로 망고 타르트를 눈앞에서 해치웠다.

롤케이크

수줍은 말과 생각들, 부풀어 오른 마음들을 한데 모아 한껏 적극적으로 감싸안은 모습. 돌돌 말린 롤케이크를 보면 행복한 순간을 가득 모은 시간의 집 같다. 롤케이크는 롤케이크여야 온전하다. 그래서인지 롤케이크의 심장엔 절제미가 있다. 많은 기대와 바람, 완벽과 이상, 친절과 사랑을 품는 순간 터져 버린다.

피스타치오살구 타르트

피스타치오크림과 살구의 성숙한 재회. 살구는 자두나 복숭아의 앳된 이미지와는 달리 한층 더 어른스러운 느낌이다. 짙은 주황의 살구는 겉보기엔 여리고 어려 보여도 그 속은 침착하고 여유 있다. 그래서인지 7월의 살구에서도 그런 관조의 맛이 났다.

내가 좋아하는 것들, 디저트

초판 1쇄 발행 │ 2024년 12월 31일

글, 사진	정채영
펴낸이	이정하
표지그림	변예경
디자인	원스프

펴낸곳	스토리닷
주소	서울시 서초구 서초대로22길 30 203호
전화	010-8936-6618
팩스	0505-116-6618
ISBN	979-11-88613-53-3 (03810)

홈페이지	blog.naver.com/storydot
인스타그램	@storydot
전자우편	storydot@naver.com
출판등록	2013. 09. 12 제2013-000162

스토리닷은 독자 여러분과 함께합니다.
책에 대한 의견이나 출간에 관심 있으신 분은 언제라도 연락주세요. 반갑게 맞이하겠습니다.